사물의 안전성

THE SAFETY OF OBJECTS
by A. M. homes

이 도서의 국립중앙도서관 출판시도서목록(CIP)은
e-CIP 홈페이지(http://www.nl.go.kr/cip.php)에서 이용하실 수 있습니다.
(CIP제어번호: CIP2010002523)

사물의 안전성

A. M. 홈스 소설 | 이수현 옮김

문학동네

랜들 케넌, 닐 B. 올슨, 야도 주식회사,

뉴욕 대학 영어/문예창작과의 도움에 감사하며

에릭과 앨리스에게

차례

어른들끼리

Adults Alone

일레인은 아이들을 플로리다로 데려가 세탁물처럼 떨궈놓는다.

"열흘 후에 보자." 그녀는 터미널에서 작별 인사를 나누며 말한다. "착하게 굴어!"

그녀는 시어머니의 뺨에 입을 맞추며, 입술에 닿은 거칠거칠한 피부 감촉에 문득 이 여자가 말 그대로 머리끝부터 발끝까지 남편의 유전자지도구나 하고 생각한다.

"가봐라." 시어머니는 그녀를 문 쪽으로 밀면서 말한다.

아이들을 이런 식으로 떼어놓기는 처음이다. 일레인은 집으로 돌아가는 비행기에서 자신에게 뭔가 문제가 있다고 생각한다. 더 그럴싸한 이유가 있거나, 유럽이나 웨스트체스터같이 더 그럴듯한 휴가 계획이 있어야 마땅하다.

폴은 공항에서 기다리고 있다. 온종일 공항에 있었다. 그는 아침에 세 사람을 공항까지 데려다준 뒤 라운지의 서쪽 구석을 차지

하고 앉아 일을 했다. 마이애미 국제공항에서 그녀에게 오렌지 좀 챙겨 오라고 당부했기 때문에 안다.

폴은 그녀가 기억하는 것보다 젊어 보인다. 눈이 반짝이고, 자제력을 잃기 전의 찰리 맨슨과 조금 비슷한 듯도 하다. 다시 약을 하는 게 분명하다. 그녀는 폴이 연기 나지 않는 파이프를 들고, 로스앤젤레스 행 비행기를 타야 하는 남자와 공항 화장실에 들어가 문을 잠그는 모습을 상상한다.

그녀는 왜 폴이 생전 처음 보는 사람과 작은 금속 캐비닛에 들어가는 걸 아무렇지 않아하는지 의아하다. 언젠가 폴은 화장실에서 다른 남자와 같이 약에 취하면 언제나 발기하는데 약 때문인지 남자 때문인지 알 수 없다고 말한 적도 있다.

그녀는 지금까지 폴이 한 번도 체포당하지 않았다는 사실을 믿을 수 없다. 예전에는 그런 일이 일어나기를 바라기도 했다. 그러면 폴이 정신 차릴 거라 생각하면서.

"집에 가자." 일레인이 말한다.

"굳이 집에 갈 필요 없잖아. 어디든 갈 수 있어. 어디든……" 폴이 눈을 찡긋한다.

"나 피곤해."

그들은 말없이 집으로 차를 몬다. 산 지 얼마 안 된 자동차라 소음이 없다. 폴은 조심스럽게 집 앞 진입로로 들어간다. 집을 둘러싼 나무의 가지들이 차를 스친다. 일레인은 팔 대신 갈고리가 달린 남자들과 생매장당해 흙을 파고 나오는 손톱을 길게 기른 여자들에 관한 괴담을 떠올린다.

"저 가지 좀 쳐내야겠어." 폴이 말한다. 두 사람은 다시 침묵에 잠긴다.

폴은 일레인 뒤에서 계단을 오르며 계단에 대해 말한다. "칠을 할 거면 눈이 내리기 전에 시작해야 해."

"내일 하든가." 말은 그렇게 하지만, 솔직히 그녀는 그 집에 뭔가를 더 하고 싶지 않다. 포기 상태다. 손볼 게 너무 많다.

그 집과 불륜이라도 저질러온 기분이다. 바람이랄 수도 없다. 바람은 너무 좋은 표현이다. 착하게까지 들린다. 그녀가 생각하기에 집은 자동 청소 기능이 있는 오븐 같아야 한다. 스스로를 돌볼 줄 알아야 한다.

그녀가 그 집에 만족했던 마지막 순간은 이사 오기 전날, 잔금을 지불하기 전이었다. 바닥 공사가 막 끝나고 아직은 덩그러니 크게만 느껴지던 때.

일레인은 현관문을 밀어 열며 말한다.

"당신이 까먹지 말고 문 좀 잠그지 그랬어. 도시에 살 땐 꼬박꼬박 잠갔잖아."

안은 어둡다. 일레인은 현관홀에 서서 전등 스위치가 어디 있는지 기억해내려 한다. 그 집에 산 육 개월 동안 일레인과 폴만 있기는 이번이 처음이다. 그녀는 계속 벽을 더듬으며, 나쁘지 않다고 생각한다. 그녀는 불이란 불은 다 켜고 흩어진 물건들, 대니얼의 옷과 새미의 장난감을 줍기 시작한다. 소파 쿠션을 바로잡고 위층으로 올라가 샤워를 한다. 전화가 울리고 폴이 받는다. 일레인은 그의 부드러운 목소리를 들으며, 폴은 좋은 아빠라고 생각하면서 잠에 빠져든다. 폴은 복도 저편에서 전화로 새미에게 책을 읽어 준다.

그들은 늘 그렇듯 여섯시 반에서 일곱시 사이에 깨어나 아이들 소리가 들리는지 귀를 세운다. 단둘뿐이다. 그들은 침대에 갇혀 있다. 일어날 필요가 없다. 어디 갈 필요도 없다. 휴가다.

일곱시 삼십분에서 사십오분 사이, 마침내 더 피할 길이 없어지자 일레인은 폴을 본다. 그는 머리가 벗어지고 있다. 그녀는 실제로 그의 이마 선이 모공 하나만큼씩 뒤로 물러나는 모습을 볼 수 있다고 생각한다. 폴도 그걸 느낀다고 말한 적이 있다. 머리 전체가 다르게 느껴진다고. 따끔거리고, 쉬 한기가 들고, 아무튼 전과 다르다는 것이다. 그녀는 자신에 대해 생각한다. 얼굴이 갈수록 퀭해진다. 눈 주위에 생긴 온갖 주름과 늘어진 살. 지난주에는 그걸 가려보려고 로션에 사십 달러나 쓰기도 했다.

일레인이 아래층에 내려갔을 때 폴은 이미 아침과 점심을 먹은 뒤다.

"이따가 영화라도 보러 갈까?" 폴이 말한다.

정말로 영화를 보러 가자고 한 말은 아니다. 어떤 식으로든 같이 시간을 보내자는 뜻이다. 평소 같으면 그러기 위해 베이비시터를 불러야 하니까.

"네시쯤 태우러 올게." 그가 말한다.

"당신이 차를 가지고 나가려고? 나도 할 일이 있는데."

"그럼 같이 나갈까?"

교외 생활에 대한 폴의 환상 속에선 늘 온가족이 함께 차를 타고 여기저기 다니며 노래 부르고 맥도날드 햄버거를 먹는다. 그는 가게 앞에 차를 세우고 가게에 들어가 볼일을 보는 동안 그녀가 차 안에서 기다리는 것을 좋아한다.

"관둬." 그녀가 말한다.

그날 오후 늦게, 폴이 일레인이 쉬고 있는 침실로 들어온다.

"뭘 가져왔나 봐." 그는 시내에서 빌린 포르노 테이프를 내민다.

"날 위해서야?" 그녀가 묻는다.

그녀를 위해 가져왔다고는 생각할 수 없다. 선물이라면 꽃이나 스카프, 아니면 음반을 받고 싶다. 포르노는 선물이 아니다.

그는 테이프를 VCR에 넣는다. 서로에게 워낙 익숙하다보니 오래 걸리지 않는다. 그들은 짧게 낮잠을 잔 뒤 정말로 영화를 보러 가기로 한다.

극장 입구에 불이 꺼져 있어 일레인은 무슨 영화를 상영하는지 보기 위해 폴의 안경을 쓴다. 폴은 극장 안에서 대마초를 피우자고 하지만, 그녀는 둘 다 지켜야 할 체면이 있다는 사실을 상기시킨다.

"당신 고객이 있을지도 모르잖아. 게다가……" 그녀는 그의 귓가에 소곤거린다. "여긴 맨해튼이 아니야."

그녀는 손으로 그의 샅을 움켜쥔다. 그가 공공장소에서 이러는 것을 좋아한다는 걸 알고 있다.

극장 안 어둠 속에서 그들은 사랑에 빠진다. 서로를 향한 사랑이 아니다. 그건 이미 지나간 일. 그들은 사랑한다는 개념에, 누군가를 그토록 좋아한다는 사실 자체에 빠져든다. 그녀는 그의 어깨에 머리를 기댄다. 그는 팔이 저리다고 말하지 않는다.

영화가 끝나고 그들은 큰길로 나온다. 폴은 양손을 주머니에 넣은 채 걷고, 일레인은 무엇인가에서 스스로를 지키려는 듯 단단히 팔짱을 끼고 있다. 어두운 극장에서는 일주일 내내 서로를 사랑하리라 맹세했으나, 신선한 공기를 마시자 두 사람 중 누구도 그것이 가능하리라 믿지 않는다.

일레인과 폴은 길을 건너 시내에서 두 사람 다 배앓이 없이 먹을 수 있는 유일한 식당으로 들어간다. 폴은 와인 한 병을 주문한다. 그리고 일레인에게 묻지도 않고 페투치니 알프레도 파스타를 시킨다. 그녀는 그의 콜레스테롤 수치를 들먹이지 않는다. 그들의 사랑 계약에서 합의한 내용이다. 지금 잠시 동안, 그들은 둘로 분리된 샴쌍둥이다. 임무에서 벗어난 가석방 관리관이다. 그들은 자유다. 그들의 두 아들은 플로리다에서 할머니가 주는 대로 배 터져라 먹고 있을 것이다.

집으로 가는 차 안에서 그들은 대마초를 한 대씩 피운다. 일레인은 폴에게 집에 돌아가기 전에 해협을 따라 드라이브를 하자고 말한다. 그는 물가에 차를 세우고, 시동을 끈다. 그들은 앉아서 밖을, 바깥 저 너머에 있는 무엇인가를, 어쩌면 코네티컷을 내다본다.

"우리가 여기서 이렇게 살게 될 거라 생각했어?" 일레인이 묻는다.

"이렇게 뭐?"

"여기서, 단독주택에, 스테이션왜건을 몰면서 말이야."

불빛이 그들의 차를 스치더니, 지나가지 않고 일레인과 폴을 똑바로 비춘다. 운전석 창문을 두드리는 소리와 함께 손전등 빛이 쏟아져 들어온다.

"창을 내려주시겠습니까?" 경찰이 말한다. "도와드릴까요? 뭔가 찾고 계십니까?"

"그냥 경치를 보고 있는데요." 폴이 말한다.

일레인은 경찰이 대마초 냄새를 맡았으니 체포당할 거라고 생각한다. 지금 차 안에 앉아 이런 일을 당하다니 믿을 수가 없다. 약에 취한 적도 거의 없는데.

10월 초인데도 폴은 땀을 흘리기 시작한다. 폴 때문에 걸려들게 생겼다. 그녀는 폴을 보며 대그우드 범스테드*를 떠올린다.

"저희는 이사 온 지 여섯 달밖에 안 됐거든요." 일레인이 말한다.

문제 해결과 처리는 언제나 일레인 몫이다. 만약 체포당한다면 얼른, 아이들이 돌아오기 전에 이사해야 한다. 안 그러면 지역신문 1면에 그녀의 사진이 실릴 것이다. '새로 온 사람들, 대마초 피우다.'

"신분증 가지고 계십니까? 운전면허증을 보여주시겠어요?"

경찰은 열두 살짜리 아이처럼 보인다. 이 사람이 면도를 한다면, 수염을 깎기 위해서가 아니라 그래야 성인인 기분이 나기 때

---

* 만화 『블론디』에 나오는 덜렁대고 소심한 성격의 샐러리맨.

문일 것이다.

"이게 현재 주소입니까?"

"아니요. 우린 여기 메이플록 테라스 3433번지에 살아요."

일레인은 경찰에게 미소를 보인다. 경찰은 그녀에겐 면허증을 요구하지 않는다. 그녀는 아내니까.

경찰은 차 안으로 머리를 들이밀고서도 아무런 냄새를 맡지 못하는 것 같다. 이 남자는 지진아이거나 후각에 심각한 문제가 있나보다고 일레인은 생각한다.

"새로 이사 온 분들이군요." 경찰이 말한다.

"예. '새로 온 사람 클럽'에 속해 있죠. 한 달에 한 번 모이는." 일레인은 감옥에 가는 것만은 막기로 결심하고 말한다.

"흠. 왜 집에 가지 않습니까?"

"그냥 경치를 보는 겁니다." 폴이 해협 쪽을 고갯짓으로 가리킨다.

"이 동네 사람들은 그런 짓 안 합니다. 저녁 시간 잘 보내십쇼."

경찰은 손전등을 끄고 순찰차로 돌아간다.

폴은 바로 시동을 켜지 않는다. 그럴 수 없는 모양이다. 그의 얼굴이 땀에 젖어 미끌미끌하다. 피부가 어둠 속에서 하얗게 반짝인다.

"아파?"

일레인은 묻고 나서 폴을 제대로 살펴보려고 내부등을 켠다.

"심장마비라도 왔어?"

폴이 페투치니를 먹지 못하게 할 걸 그랬다.

"병원에 갈까?"

"집까지 운전할래?" 폴이 말한다.

그녀는 차에서 내려 빙 돌아서 반대편으로 간다. 경찰은 저만치 떨어져 차를 세우고 불을 끈 채 그들을 지켜본다.

폴은 차 안에서 옆자리로 넘어간다. 폴의 다리가 기어 사이에 끼는 바람에 일레인은 바로 타지 못하고 길가에 서서 몇 분을 기다린다. 위급한 상황이었다면, 폴이 정말 심각한 문제와 맞서야 했다면, 강도를 만났다면 무슨 일이 일어났을지 생각한다.

밤사이에 폴의 장이 운동을 시작하자, 잠든 몸에서 소리 없이 유독한 연기가 뿜어져 나온다. 일레인은 새미의 방으로 가서 동물 인형들 사이에 몸을 묻고, 커다란 곰인형을 베개 겸 남편으로 삼는다.

일곱시 무렵 폴이 옆에 누우려다 일레인을 깨운다.

"당신 냄새 지독해." 그녀가 말한다.

"왜 내가 페투치니를 먹게 놔뒀어?"

그녀는 아무 말도 하지 않는다. 너무 복잡하다. 페투치니를 먹게 둔 것은 그를 좋아하지 않고 그가 무슨 짓을 하든 상관없으며 그가 일찍 죽길 바라기 때문이다. 페투치니를 먹게 둔 것은 그를 사랑하고 그의 즐거움을 뺏고 싶지 않으며 엄마처럼 굴지 않기로 했기 때문이다.

그는 그녀를 애무하기 시작한다.

"여기선 안 돼." 그녀는 아이 침대에서 관계하는 건 변태적이라고 생각한다.

그는 동작을 멈추고 그녀 옆에 몸을 만다. 그녀는 벽 쪽으로 움직여 미키마우스 담요를 끌어다 머리를 덮는다. 아이들이 없는데도, 온전히 그녀를 필요로 하는 존재가 없는데도 기진맥진이다. 기억하는 어느 순간보다 피곤하다.

그녀는 아이들이 상어에게 습격당하는 꿈을 꾼다. 시어머니가 멀리서 하는 이야기를 듣는다.

"애들은 괜찮다. 그게 제일 중요하지. 마이애미 비치 역사상 한 번도 일어난 적이 없는 일이야. 새미가 물가에 누워 있는데, 물속에 들어가지도 않았는데 상어가, 그것도 아주 작은 상어가 올라와 덮친 거야. 대니얼이, 아유 얼마나 훌륭한 녀석인지, 완전히 어른이야, 그 녀석이 가서 새미에게 붙은 상어를 떼어냈는데, 상어가 이번엔 대니얼 팔을 물었지 뭐냐. 큰 상어는 아니었어. 죽어가고 있었던 게 분명해. 그렇지 않고서야 왜 해변에 올라왔겠니? 대니얼은 팔을 흔들어 떼어냈지. 피부에 긁힌 데도 없어. 지금 욕조 안에 넣어놨다. 애들이 그 상어를 박제하고 싶어하는데, 내가 너한테 물어보라고 했어. 네가 엄마니까."

정오, 일레인은 침대에서 일어나 어제 입었던 옷을 다시 입는다. 이도 닦지 않는다. 어차피 누굴 만나 이야기할 일도 없다. 그녀는 차를 몰고 식료품점에 간다. 주차장에 차를 세우고 가게를 바라본다. 그 가게가 싫지만, 이미 왔으니 받아들이고 뛰어들리라 생각한다.

일레인은 어른만 먹을 수 있는, 아이들이 있을 때는 절대 사지 못할 음식을 골라 담는다. 냄새나는 치즈, 파테*, 씨앗이 든 크래커, 와인. 총 삼십구 달러가 나오고 그럭저럭 봉지 하나에 들어간다.

"어머니가 전화하셨어." 그녀가 집에 들어서는데 폴이 말한다.

그는 복도에 사다리를 놓고 서서 석 달 전에 나간 전구를 갈고 있다.

"잘 있대?" 그녀는 상어 꿈을 생각하며 묻는다.

"새미가 당신을 보고 싶어해. 다시 전화할 거야."

그녀는 사다리 밑을 지나 부엌으로 간다.

"사다리 밑을 지나가면 재수가 없는데."

그녀는 커다란 쟁반에 음식을 담고 와인 병을 챙긴 다음, 다시 사다리 밑을 지나 위층으로 올라간다.

"같이 먹지?"

일레인은 대답하지 않는다. 폴은 분명 그녀 혼자 그걸 다 먹으리라고는 상상하지 못할 것이다. 그녀는 음식을 싫어한다. 그러나 배가 고프다. 너무 배가 고파서 혼자 음식을 먹을 수 있는, 보는 사람 없이 음식에 달려들 수 있는 위층에 도착하기를 기다릴 수 없다.

"나 전구 갈고 있는데, 못 봤어?"

폴이 마침내 뭔가를 하다니 멋지다고 생각해야 하는 줄은 알지만, 일레인에겐 그게 시간 낭비로밖에 보이지 않는다. 그녀는 폴

---

* 짓이긴 고기나 간을 넣어 만든 파이.

에게 포도를 던진다. 포도가 그의 가슴을 때리고 셔츠 안으로 떨어진다.

"포도는 1파운드에 삼 달러야. 사지 않기로 한 것 같은데. 애들이 먹진 않고 손가락으로 짓이겨서 식탁에 버리잖아."

"애들은 여기 없어." 그녀는 대답하고 계단을 올라간다.

일레인은 쟁반을 든 채 침대 한가운데에 앉는다. 뭔가가 빠졌다. 올리브, 양파, 고명이 없다. 그녀는 쟁반을 들고 다시 아래층으로 내려간다.

폴은 대낮부터 하와이안펀치 잔을 들고 텔레비전 앞에 앉아 있다. 교외에 사는 남자의 미치광이 버전 같다. 〈플레이보이〉에 나오는 남자, 자기 성에 틀어박힌 남자.

일레인은 폴의 잔을 빼앗아 한 모금 마신다. 펀치에서 쓴맛이 난다. 뭔가 이상하다. 그녀는 슈퍼마켓에서 누군가 몰래 독극물을 넣는 장면과 교외의 살인사건, 그리고 음식이 얼마나 싫은지에 대해 생각한다. 이렇게 죽는 걸까.

"이 펀치 맛이 이상해." 그녀는 기침을 하며 말한다.

"보드카를 넣어서 그래." 그는 잔을 빼앗아간다.

그녀는 전보다 더 높이 음식을 쌓아서 위층으로 올라가 다시는 내려오지 않을 작정으로 쟁반을 들고 부엌에 들어간다. 음식을 씹으며 냉장고 문을 열고 선다. 그녀는 부엌에서 먹는 걸 싫어한다. 치울 생각을 하면 입맛이 달아난다.

그녀는 쟁반을 들고 거실로 간다.

폴은 텔레비전에서 2피트밖에 떨어지지 않은 바닥에 책상다리를 하고 앉아 펀치 잔을 사타구니 앞에 놓고 대니얼의 닌텐도 게임을 한다. 화면에는 경주 게임이 떠 있다. 폴은 충돌하고 또 충돌한다. 이십 년 넘게 운전을 해왔으면 게임 정도는 쉽게 할 수 있어야 하지 않나? 일레인은 대니얼이 이 게임을 깨는 모습을 백만 번은 보았다.

어떤 면에서는 귀엽기도 하다. 어린아이처럼 텔레비전에 빠져 놀고 있는 폴이라니. 하지만 그 모습엔 믿을 수 없을 만큼 애처로운 면도 있다.

"소리 좀 줄일 수 없어?" 일레인이 말한다.

폴의 자동차가 도로에서 미끄러져 광고판을 들이받는다. 자동차는 불길에 휩싸이고 '게임 오버, 게임 오버'가 화면을 가로지른다.

"내가 뭘 하고 있으면, 가만히 좀 봐주면 안 돼?" 폴은 재시작을 누르며 소리친다.

"별것도 아닌 게임이나 하면서 뭘."

"나 좀 내버려둬."

일레인은 위층으로 올라간다. 폴을 참아줄 수가 없다. 뭐 하나 참아줄 만한 게 없다. 생각하는 방식, 말하는 방식, 보는 방식, 전부 다 싫다. 그도 그녀를 미워한다는 걸 알기에 더하다. 미치겠다. 왜 아무런 거리낌 없이 그를 미워할 수는 없는가.

그녀는 쟁반을 들고 침대 한가운데에 앉아 텔레비전을 켠다. 텔레비전 앞에 멍하니 앉아 있다가 삼십 분 넘게 골프를 보고 있다는 사실을 깨닫고 당황한다.

그녀는 와인을 한 잔 따르고, 크래커에 치즈 한 조각을 얹은 다음 베개에 등을 기댄다. 와인을 마시고 또 한 잔 따른다. 침대에 누워 술을 마시다니, 그것도 병동의 간호사처럼 책임감에 시달리며 너무 마실까봐 겁내지 않고, 다시 임무에 매진해야 한다는 걱정도 없이 마시다니 얼마나 좋은지 모른다.

붕 뜨는 기분이다. 아주 끝내주는 기분이다. 매일 이럴 수 있으면 좋겠다. 그러면 인생이 훨씬 나아질 텐데. 전화가 울린다. 그녀는 못 들은 척한다. 전화가 울리고 또 울린다. 결국 그녀는 수화기를 든다.

"엄마." 새미가 조그마한 목소리로 말한다. "엄마, 왜 날 여기다 버렸어?"

그녀는 침대에서 일어나 앉다가 셔츠에 와인을 쏟는다.

"널 버린 게 아니야, 아가야. 할머니랑 같이 지내며 해변에서 수영도 하라고 데려다준 거지. 넌 방학여행을 간 거란다, 아가."

얼마나 취했는지 모르겠다. 그녀는 멀쩡하게, 평소처럼 말하려고 노력한다.

"난 방학여행 싫어." 새미가 말한다.

침묵, 그리고 아무 말이 없다. 그녀는 아들이 전화를 끊어버렸나 생각한다. 도대체 어떻게 되어먹은 엄마가 이 모양인가.

"괜찮을 거다." 시어머니가 말한다. 담배를 피워 목소리가 탁해진 탓에 밀턴 벌리*가 말하는 것 같다. "초코우유와 과자를 좀 줬다. 형도 있고 나도 있다며 달래줬고. 효과가 있나 보자."

* 미국의 배우 겸 코미디언.

"배고프지 않다고 하면 먹이지 마세요." 일레인이 말한다.

그녀는 아들이 섭식장애를 안고 자라길 원치 않는다. 아들이 뚱뚱하기를 바라지도, 마르기를 바라지도 않는다. 그냥 무난했으면 좋겠다.

"먹이다니? 내가 어떻게 먹이겠니? 접시에 담아줄 뿐이지. 우리 왕자님이 먹고 싶으면 먹는 거고. 대니얼 말인데, 그 녀석이 여자애한테 관심이 생긴 모양이다. 어딜 가나 여자애들에게 둘러싸이는구나. 가만 있어봐라, 엄마를 너무 보고 싶어하는 녀석 바꿔주마."

일레인은 속이 메스껍다. 시어머니를 감당할 수 없다, 너무 강하다. 시어머니는 알뜰하게 세상을 버텨낸다. 그에 비하면 일레인은 아무것도 아니다.

"엄마." 새미가 말한다. "왜 날 여기 데려와서 버리고 갔어?"

"방금 말했잖니, 아가야. 넌 방학여행을 간 거야."

"언제 와서 집에 데려가?"

"할머니가 다음 주에 데려다주실 거야. 그때까지 햇볕에 예쁘게 태우렴."

"지금 집에 가고 싶어. 지금 와서 나 데려가."

"그럴 순 없어, 아가야. 지금 엄마는 아빠랑 있거든. 할머니랑 재미있게 지내고 곧 보자."

새미가 울기 시작한다. 일레인은 짜증이 난다. 짜증이 난다. 자신이 얼마나 이기적인지 믿을 수가 없다. 우는 아이는 자기 자식, 자기 아들이다. 그런데 어떻게 짜증이 날 수 있지? 어떻게 식료품점에서 아이를 위한 것은 아무것도 사지 않을 수가 있지? 동물 크래커도, 호호 케이크도, 새미가 좋아하는 것은 하나도 사지 않다니!

"아가야, 괜찮아. 엄마도 보고 싶어. 우리 아들. 나중에 다시 전화할게. 할머니에게 과자 더 달라고 해."

새미의 울음소리 뒤로 대니얼의 웃음소리가 들린다. 뒤섞인 메시지다. 그녀는 전화를 끊고, 와인에 젖은 셔츠를 벗고, 와인 얼룩 빼는 방법을 기억해내려 한다. 그러다 셔츠를 바닥에 떨어뜨리고 속옷 차림으로 침대에 누워 와인을 한 잔 더 마신다.

폴이 위층에 올라오더니 저녁식사는 뭐냐고 묻는다. 그녀는 치즈를 얹은 크래커를 건넨다. 폴이 그녀 옆에 눕는다.

"오늘 샤워는 했어?" 일레인이 묻는다.

폴은 모욕당한 표정이다. "난 종일 일했다고."

"샤워 안 했구나. 냄새나."

폴이 그녀에게 입을 맞춘다.

"앗, 따가워. 면도 안 하면 키스 못해."

예전엔 휴가를 얻으면 함께 샤워하고 사랑을 나눈 다음, 좋은 옷으로 갈아입고 저녁식사를 하러 나가곤 했다. 지금 일레인은 반쯤 벗은 채 싸구려 로제와인 냄새를 풍기며 과자 부스러기가 널린 침대에 누워 있다. 폴이 셔츠를 벗고 겨드랑이에 코를 갖다댄다. "그렇게 나쁘진 않아."

"코가 막혔나보네. 이비인후과에 가봐야 하는 거 아냐?"

그는 그녀 옆에 눕는다. 그녀는 바닥에 둔 접시를 집어올려 둘 사이에 놓는다. 그들은 음식을 먹으며 와인 잔을 주고받는다. 접시가 비고 침대가 크래커 부스러기로 까끌거릴 지경이 되자 두 사람은 몸을 말고 잠든다.

폴이 자다가 침대 위에 있던 빈 잔을 건드려 바닥에 떨어뜨린다. 유리잔이 깨진다.

열시, 폴은 침대에서 나가다 유리를 밟는다. 일레인은 폴의 발에 박힌 유리 조각을 뽑는 데 삼십 분을 보낸다. 과산화수소수에 적신 거즈를 상처에 대고 누르자, 폴이 그녀의 귀에 대고 소리를 지른다. 플로렌스 나이팅게일이 된 기분이다.

이불에도 바닥에도 피가 묻었다. 작은 유리 조각이 사방에 널려 있다.

와인을 쏟은 셔츠는 아직도 바닥에 팽개쳐져 있다. 빈 접시도 바닥에 놓여 있다. 그들은 옷을 벗고 따뜻함을 찾아 서로에게 엉겨붙는다.

텔레비전은 여전히 켜져 있지만, 리모컨을 찾을 수 없다. 덕분에 그들은 크랙*에 관한 삼십 분짜리 특별 방송을 본다.

방송을 보던 둘은 꽤 그럴싸해 보인다고 생각한다. 재미있을 것 같다.

방송이 끝나자 그들은 일 분 정도 불편한 침묵을 지킨다. 그러다 폴이 말한다. "내가 좀 구할 수 있을 것도 같은데."

"언제?" 일레인이 묻는다.

---

* 값이 싼 농축 코카인.

"내일."

그녀는 돌아누워 베개를 베고, 정말 오랜만에 내일을 기대하며 잠든다.

"크랙은 언제 구해올 거야?" 그녀는 깨자마자 묻는다.

"전화를 몇 통 걸어야 해." 그가 말한다.

"오늘 오전에?"

"크랙 딜러를 아는 사람을 찾는 데만도 몇 시간이 걸려."

일레인은 폴에게 용무가 있다고 말한 뒤, 차를 타고 두 시간 반을 돌아다닌다. 사실은 빙빙 돌 뿐이다. 너무 멀리 가고 싶지도, 길을 잃고 싶지도 않다.

집에 돌아가니 크랙이 와 있다. 폴이 어찌어찌해서 배달해주는 딜러를 찾아낸 것이다.

폴이든 일레인이든 새로운 일을 해본 지가 까마득하다. 집을 사고 이 동네로 이사한 것도 새로운 일이긴 하지만, 전부터 하기로 되어 있던 일이기도 했다. 그저 숙명이었을 뿐이다.

식탁 위에 약병 여섯 개가 놓여 있다.

"이게 많은 거야, 적은 거야?" 그녀가 묻는다.

폴은 어깨를 으쓱인다. "모르지. 나한텐 너무 새로운 거라서." 그는 머뭇거린다. "기억나? 내가 젊고 머리털도 많고 아는 것도 많던 때?"

그녀는 고개를 끄덕인다. 그녀는 십이 년 전, 젊고 재기 넘치고 누구에게도 비할 수 없었던 폴을 기억한다.

"어쨌든 당신은 어디에서 구하는지 알았잖아."

"우리 마음에 안 들 수도 있어."

"벌써 마음에 드는걸."

폴은 약과 같이 산 파이프에 크랙을 채우고, 일레인은 불안해지기 시작한다. 흥분이 지나치다. 그들이 정말로 이런 짓을 한다니 믿을 수가 없다. 너무나 그들답지 않다. 아무도 그들이 이런 짓을 하리라고 생각하지 않을 것이다.

폴은 파이프에 불을 붙이고 들이마신다. 식당 안에 익숙하면서도 완전히 낯선 냄새, 의사의 진료실 혹은 가정부가 퇴근하고 난 목요일 늦은 오후 집에서 나는 냄새와 비슷한 냄새가 자욱하다. 크랙이 타는 냄새인지, 파이프가 녹는 냄새인지 모르겠다. 폴은 지그시 눈을 감고 고개를 뒤로 젖히더니 파이프를 건넨다. 그녀는 크랙 덩어리를 조금 더 집어넣고 불안해하며 불을 붙인다.

일레인은 분수가 된 느낌이다. 플라자 호텔 앞에 있는 분수. 그녀에게서 솟아오른 불꽃이 땅 위로 몇 번 튀다가 사그라진다. 그녀는 로마식 양초다. 기분이 너무 좋아 견딜 수 없을 지경이다. 앉아야 한다. 거실 소파에 누워야 한다. 그 느낌이 약해지기 무섭게 다시 피워야 한다.

"이것이 당신 뇌입니다. 약에 취한 당신 뇌입니다." 텔레비전 화면에 뜬 구운 계란 그림. 광고. 새미가 텔레비전을 보다 말했다. "아냐. 저건 내가 아침에 먹는 거야." 그러고는 바닥을 구르며 웃었다.

그때부터 한밤중까지 그들은 약병 네 개를 비운다. 거기서 멈춘

것도 몸이 더는 버티지 못할 것 같아서일 뿐이다. 그들은 땀을 뻘뻘 흘린다. 폴은 오 분마다 맥박을 재고 기록한다.

"그래프를 만드는 거야." 폴이 말한다. "당신 것도 만들어줄게. 내 맥박은 파란색, 당신 건 빨간색으로."

일레인은 대꾸하지 않는다. 부엌으로 들어가 냉장고를 열고, 아이스크림을 한 숟가락 뜬다. 목으로 넘어가는 아이스크림이 벨벳 같다.

"뭐 해?" 폴이 거실에서 외친다.

"아무것도." 그녀는 말한다.

다시 크랙 타는 냄새가 난다.

"내 맥박은 지금 180이야." 폴이 말한다.

"거의 에어로빅 수준인데?" 일레인은 소리를 지른다. 약에 취했으면서도 재치 있는 말을 할 수 있다니 기분 좋다.

부엌에 선 그녀는 불현듯 누가 전화를 걸 것 같은 불안감에 사로잡힌다. 아이들 친구 부모 중 누군가가, 카풀을 같이하는 누군가가 걸어온 전화를 받아 그녀의 인생을, 아니면 미래를 망칠 만한 소리를 지껄일 것만 같다. 그녀는 자동응답기를 켠다.

거실에서 폴이 소리를 지른다. 말이 아니다. 그저 할 수 있는 한 큰 소리를 지를 뿐이다. 일레인은 거실로 뛰어와 입 닥치라고 말한다.

"당신 얼굴에 아이스크림 묻었어." 폴은 다시 소리를 지르기 시작한다.

"당신 때문에 화나." 그녀가 말한다. "아까는 그렇게 기분이 좋았는데, 이젠 모든 게 이상해…… 모든 게 무너지는 것 같아."

폴은 소리 지르기를 멈추고 그녀를 안아준다. 그녀를 안은 채로 파이프를 건넨다. "좀더 피워. 그러고 나서 그만하자. 한 번만 더 기분 좋게."

그녀는 한 번 더 피우고, 다시 기분이 좋아진다. 거실도 아주 근사해 보이고, 할로겐 조명도 밝고 현대적이다. 집 안에는 그들밖에 없다.

그들은 소파에 누워 말없는 대화를 나눈다. 머릿속에서 들리는 목소리가 너무 커서 두 사람 다 실제로 말하고 있지 않다는 사실을 깨닫지 못한다.

새벽 세시쯤에야 겨우 긴장이 풀리기 시작하고, 불빛이 너무 밝게 느껴진다. 폴이 일어나 불을 끄고는 남은 약병 두 개를 주머니에 집어넣는다.

그들은 위층 침대로 가지만 잠은 자지 않는다. 텔레비전을 껐다 켰다 하면서 누가 리모컨을 쥘지, 얼마나 자주 채널을 바꿔야 할지를 두고 다툰다. 새벽 다섯시, 일레인은 침대에서 일어나 발륨 두 알을 가져온다. 파티 선물 같다. 그들은 발륨을 입안에 털어넣고 물 없이 삼킨다.

일레인은 죽을 듯한 갈증과 설탕에 대한 갈망을 안고 깨어난다. 전날 저녁식사를 했는지 기억이 나지 않는다. 계단을 내려가는데 신경질환이라도 앓는 것처럼 근육이 따로 놀고 경련이 일어난다. 몸의 나이와 중력의 무게가 느껴진다. 모든 것이 땅으로 끌려 내려간다.

일레인은 벌거벗은 채 부엌에 서서 하와이안펀치 팩에서 베리레드 색 음료를 마지막 한 방울까지 빨아먹는다. 빨대를 이리저리 움직이는 통에 한순간 입에서 빨대가 미끄러진다. 새빨간 음료가 방울방울 목을 따라 흘러내린다.

현관 초인종이 울리고 또 울린다. 그녀는 얼어붙는다. 경찰이라고 생각한다. 이웃집에서 크랙 타는 냄새를 맡은 게 틀림없다.

일레인은 벌거벗은 채 부엌에 서 있고, 도망칠 곳이 없다. 창문 앞을 지나지 않고서는 어디로도 갈 수 없다. 가릴 것이라곤 손바닥만 한 행주뿐이다.

문 두드리는 소리가 나더니 남자가 외친다. "계십니까?" 일레인은 남자가 집 옆으로 돌아오더라도 그녀를 보지 못하게 몸을 숙인다. 그리고 바닥을 기어가면서 달력을 확인한다. 누군가가 카펫을 재러 올 거라고 적혀 있다. 문까지 기어간 그녀는 손을 뻗어 문이 잠겼는지 확인한다. 남자가 다시 현관문을 두드린다.

"아무도 안 계세요?"

일레인은 남자가 손잡이를 돌려볼까봐, 문이 열릴까봐 두렵다. 카펫가게 직원이 벌거벗은 채 바닥에 엎드린 그녀를 보겠지. 집 안에선 가운을 입어야 한다는 걸 모르는 사람은 없다. 사람들은 떠들어댈 것이다. 그녀가 알코올중독자라고, 정신이 나간 게 틀림없다고. 서로에게 그 여자가 애들이 집에 있을 때도 벌거벗고 돌아다녔을까 물어보겠지. 자신의 아이들이 그녀의 집에 가서 자지 못하게 하겠지.

일레인은 엎드린 채 리놀륨 바닥을 기어 복도 붙박이장으로 향한다. 옷장을 열고 그 앞에 선다. 배와 가슴이 보푸라기와 먼지투성이다. 그녀는 폴의 검은색 캐시미어코트를 걸치고 현관문을 연다.

경찰이 서 있다. 지난번 밤에 마주친 바로 그 경찰이다.

일레인은 사건을 소급해 체포할 수도 있는 건지 생각한다.

"무슨 문제가 있나요?" 일레인이 묻는다.

"어쩌다보니 남편분께 면허증을 돌려드리지 않았습니다. 찾는데 시간이 좀 걸렸어요. 옛날 주소가 적혀 있다보니." 경찰이 말한다.

그녀는 면허증을 받는다. "고맙습니다."

경찰은 고개를 끄덕인다. "별말씀을요."

이 경찰은 그녀가 코트 안에 아무것도 입지 않았다는 것을 알까. 알면 어떻게 생각할까. 전화가 울린다.

"전화가 왔군요, 부인." 경찰이 말한다.

"아, 그러네요. 정말 고맙습니다."

"예정보다 일찍 데려간다." 시어머니가 말한다. 자동응답기라 목소리가 더 크게 들린다. 신의 말씀이 내려오는 것 같다.

일레인은 자동응답기를 끄고 수화기를 든다. "무슨 일 있어요?"

"둘째는 엄마 없이 지내기엔 너무 어리구나."

일레인은 무슨 일인지 이해하지 못한다. 혹시 시어머니가 약해지신 건지, 아이들을 돌보기엔 너무 나이가 드신 건지 의아하다.

"대니얼은 전에도 왔지만, 상황이 좀 달랐지. 그애는 팔 개월부터 놀이방에 보냈잖니. 대니얼은 너와 그렇게 가깝지 않았어. 널 필요로 하지도 않았고."

"무슨 말씀이세요?"

"아무것도 아니다. 그냥 새미는 다르다는 얘기야. 동생들이 늘 그렇지." 시어머니는 잠시 말이 없다. "다섯시에 도착하는 비행기다."

어머님이 오신다고, 어머님이 오시면 모든 게 좋아질 거라고 일레인은 생각한다.

일레인은 위층으로 올라가 폴을 깨우고 이 소식을 전한다. 둘 다 침묵에 잠긴다. 그들은 자유를 지키고 싶다. 하고 싶은 일이 있다. 지금보다 더 나가고 싶다. 둘만 있고 싶고, 혼자 있고 싶다.

폴과 일레인은 침실 한가운데에 서서 옷을 벗는다. 폴은 발에 붙인 밴드를 떼어내고 속옷을 벗는다. 일레인은 침대보를 벗겨내고, 복도 저편 아들 방의 침대보도 거둬 모조리 세탁물 투여구에 밀어넣는다. 그들은 서로를 보고 미소 짓는다. 함께 샤워를 한다. 샤워하면서 폴은 수염을 깎고 일레인은 손톱손질용 솔로 타일을 문지른다. 욕실 벽을 다 닦을 때까지 멈추지 않는다.

일레인이 젖은 머리를 빗어넘기자 폴이 그녀에게 아름답다고 말한다.

"좋았어." 일레인이 말한다.

폴은 발에 새 밴드를 붙인다. 두 사람은 옷을 입는다. 어떤 면에서는 마음이 놓인다. 둘이 함께 새 침대보를 씌우고, 베개를 털고, 침실에 청소기를 돌리고, 쓰레기통을 비우고, 식기세척기를 돌린다. 아래층을 청소하면서 일레인과 폴은 서로를 보고, 마치 같은 순간에 같은 생각을 한 것처럼, 비밀을 공유한 사람들처럼 거실로 가 소파 쿠션 사이를 주의 깊게 살핀다. 아무것도 남겨두지 않았는지, 빈 약병은 없는지 확인한다.

조니를 찾아서

Looking for Johnny

나는 몇 년 전에 없어졌다. 없어졌다 다시 돌아왔다. 대단한 비밀은 아니었다. "전송, 스코티"* 하는 식으로 방금 전까지 여기 있다 갑자기 저기 있게 된 것이 아니었다. 다른 행성에 간 것도 아니었다. 나는 며칠 사라졌다 집에 돌아왔고, 경찰은 자세히 알고 싶어했다. 어떤 차였는지, 누가 차에 타고 있었으며 내가 어디에 갔고 무슨 일이 있었는지. 그들은 그림을 그려도 되고 인형으로 보여줘도 된다고 했지만, 나는 무슨 말을 해야 할지 몰랐다. 내가 없어진 것은 어렸을 때였다. 아홉 살 때 일이었다.

나는 학교가 끝나고 집으로 돌아와 과자와 쿨에이드를 먹고, 텔레비전을 보려고 거실로 갔다. 지진아인 레이앤 누나가 텔레비전에 나오는 사람들을 흉내 내고 있었다. 레이앤은 나보다 나이가

* TV시리즈 〈스타트렉〉에서 순간이동을 지시하는 유명한 대사.

많은데 진짜 지진아였다. 계속 텔레비전에 대고 말을 걸었고, 그만두라고 해도 멈추지 않았다. 더 참을 수 없어진 나는 결국 밖으로 나갔다. "저기, 엄마, 조금 있다가 올게"라고 말한 뒤 농구공을 집어들고 놀이터로 갔다. 놀이터에서 노는 아이들은 대부분 자기 공을 가지고 있었다. 공이 열 개는 되었고, 가끔 허공에서 공끼리 부딪쳐 엉뚱한 방향으로 튀기도 했다. 때로는 슛을 하려는 아이에게 걸려 넘어지기도 했고, 그러면 그애가 내 엉덩이를 걷어차며 "얼간이"라고 하기도 했다.

저녁이 되면서 어두워지자 아이들은 하나씩, 때로는 둘셋씩 놀이터를 떠났다. 나는 혼자서 공을 던졌고, 그러니 빗나갈 수가 없었다. 계속해서 공이 그물을 뚫고 떨어지자 마법의 힘이라도 생긴 기분이었다. 나는 슛을 쏘며 그 수를 셌다. 연속해서 열다섯 번을 성공했을 때 누군가가 박수를 쳤다. 나는 공놀이를 멈추고 코트 저편에 서 있는 남자를 보았다.

"열다섯 개 연속이구나." 남자가 말했다. 나는 어깨만 으쓱였다. 그리고 다시 공을 던졌고, 공은 링을 뚫고 떨어졌다.

"잘한다, 조니."

나는 링을 뚫고 떨어지는 공을 받아 훅슛을 시도했다. 공이 멀리 빗나갔다. 남자가 달려와 공을 잡더니, 공을 압수한 교사처럼 엉덩이께에 들었다.

"내 이름은 조니가 아니에요."

"조니는 이름이 아니야. '어이 너' 비슷한 말이지."

그는 공을 몇 번 튀기다가 들어올렸다. "그만 갈까? 너희 엄마가 나보고 널 데리러 가라더구나. 갈 곳이 있다고."

늘 그런 식이었기 때문에 엄마에게 화가 났던 기억이 난다. 엄마는 레이앤을 어딘가에 데려가면서 나에게는 알지도 못하는 사람을 보냈다. 엄마는 내가 모르는 사람을 많이 알았다. 대개는 레이앤 때문이었다. 엄마는 지진아를 둔 부모들과 다 알고 지냈고, 나는 그 사람들과 만나고 싶지 않았다.

"널 찾고 있었어, 조니." 남자가 말했다.

나는 어깨를 으쓱였다. "내 이름은 에롤이에요. 알았어요? 에롤이라고요."

그는 내 농구공을 든 채 자동차 쪽으로 걸어갔다. 낡은 흰색 스테이션왜건으로, 내부를 붉은색으로 꾸민 램블러였다.

"엄마랑 누나는 어디에 간 거예요?"

"괜찮아, 조니. 우린 맥도날드에 들를 거야."

그는 내 말을 전혀 듣지 못한 것처럼, 그 말을 제대로 하기 위해 연습이라도 한 것처럼 말했다.

"배고프니?"

나는 지진아가 아니다. 뭔가가 정말 이상했다면, 예를 들어 남자가 의족이라도 했다면 알아차렸을 것이다. 벌떡 일어나 걸어나갔을 것이다. 남자가 일어나 우리 엄마에게 전화하러 간다고 했을 때 도망쳤을 것이다. 그는 엄마에게 전화해 우리가 먹을 것을 사가길 원하는지 물어보겠다고 했다. 그는 버거와 감자튀김을 테이블에 두고 갔고, 나는 다시 집에 가게 될지보다는 그의 감자튀김을 몇 개나 훔칠 수 있을지 생각했다. 나는 도망칠 이유가 없었다.

그냥 버거 두 개와 감자튀김 큰 것, 셰이크를 앞에 두고 맥도날드에 앉아 있었다. 나는 정신병이 무엇인지 몰랐다. 때로는 진짜 정신병자와 보통 사람의 차이를 알 수 없다는 것, 애초에 그 점이 그들을 정신병자로 만든다는 것을 몰랐다.

남자는 돌아와 엄마가 집에 없으니 돌아올 때까지 자기 집에 가 있자고 말했다. "어이, 어이, 조니." 남자가 말했다. 차 안에서 나는 농구공을 가지고 놀았다. 무릎 위에 놓인 농구공을 돌리고 또 돌렸다.

"살 것이 좀 있는데. 괜찮니, 조니? 뭐 사고 싶은 거 있어?" 나는 고개를 저었다. "필요한 거 뭐 없어?"

"없어요." 나는 대답했다.

그가 약국에 들어간 동안 나는 밖에서 기다렸다. 해는 졌는데 아직 어두워지지는 않은, 그런 시간이었다. 기묘한 푸른빛이 내려앉아 모든 것에 진한 테두리를 둘렀다. 나는 스테이션왜건 옆에 서서 농구공을 튀겼다.

"안녕, 에롤." 퍼킨스 부인이었다. 그러면 안 되는데, 카트를 밀고 주차장을 가로지르고 있었다. 카트 미는 소리가 열차 소리보다 더 컸다. 바퀴가 사방으로 굴렀다. 퍼킨스 부인의 두 아이가 카트에 앉아 있었다. 한 명이 들어가기도 비좁은 작은 의자에 찌그러진 채.

"안녕하세요." 나는 지나가는 퍼킨스 부인에게 인사했다.

"엄마랑 같이 왔니?" 퍼킨스 부인이 물었다. 그녀는 우리 집에서 세 집 건너에 살았고, 그 거리에 사는 누군가와 조금이라도 연관된 일은 모두 자기 일로 여겼다.

"엄마 친구를 기다리고 있어요."

퍼킨스 부인은 고개를 저으며 카트를 다시 밀었다. 엄마는 늘 퍼킨스 부인이 우리 집에 남자가 없다는 이유로 우리를 싫어한다고 말했다. 퍼킨스 부인은 집엔 당연히 남자가 있어야 한다고 여겼고, 엄마도 거기에 동의했다. 엄마는 집에 남자가 있어야 한다고 생각했지만, 아빠가 떠난 뒤 다른 남자를 찾지 못했다. 난 그게 레이앤 때문이라고 생각한다. 괜찮은 남자가 지진아와 같이 살고 싶어할 리 없다.

"누구였니?" 남자가 차로 돌아와 물었다. "낯선 사람과 이야기하면 안 된다는 거 몰라?" 그는 문을 쾅 닫았다.

"퍼킨스 부인이었어요. 우리 이웃에 살아요. 애도 둘 있고. 낯선 사람이 아니에요." 남자는 대꾸하지 않았고, 우리는 급히 차를 몰아 떠났다.

"너한테 줄 게 있다." 그는 종이봉투에서 약병 하나를 꺼냈다. "예방약이야. 지금 넌 뭔가에 걸릴 것 같은 얼굴이거든."

"괜찮은데요." 나는 말했다.

"숟가락이 없으니까 병뚜껑으로 마셔야겠다."

"아프지 않다니까요."

"조니." 남자가 말했다. 그가 나를 보느라 길에서 눈을 떼자 자동차가 비틀거리며 다른 차선으로, 반대 방향 차선으로 들어섰다. "내가 약 먹으라면 먹는 거야. 난 애들이 말대꾸하는 데 익숙하지 않아. 너희 엄마 아빠는 받아줄지 몰라도 난 아니야. 알아들었니?"

나는 나에겐 엄마밖에 없다고, 아빠는 우리와 같이 살지 않는다고, 그것도 몰랐냐고 말하고 싶었지만, 그러지 못했다. 그는 이미 나 때문에 짜증이 난 얼굴이었다. 나는 그가 우리 엄마가 집에 없어 나를 내려놓지 못하고 계속 데리고 다녀야 해서 짜증이 났다고 생각했다.

그는 다리 사이에 병을 놓고 뚜껑을 돌려 열었다. "뚜껑 가득 네 번 먹어라." 그가 병을 건넸다. 나는 아무렇지도 않았지만, 시키는 대로 했다. 차 안에서 약을 따르기가 끔찍하게 어려워 엎지를까봐 겁이 났지만, 그래도 시키는 대로 했다. 나는 약을 삼켰다. 포도맛 기침약 같았으나, 맛은 그보다 더 나빴다. 엄마가 가구를 닦을 때 쓰는 약 같은 냄새가 났다. "잘했어." 남자가 셔츠 주머니에서 킷캣 초코바를 꺼내 쥐여주었다. "입가심해야지."

우리는 말없이 계속 차를 몰았다. 어두웠다. 나는 우리 쪽으로 달려오는 자동차들을, 나를 노려보며 달려오는 두 개의 하얀 눈동자들을 바라보았다.

"우리 엄마 아직 집에 안 왔대요?" 내가 물었다. 점점 피곤해왔다.

"약국에서 전화했더니 오늘밤에는 데리고 오지 말라는구나. 혼자 있고 싶은 모양이야."

"레이앤은 어쩌고요?"

"레이앤과 둘이서만. 잠시 동안 너에게 방해받고 싶지 않은 거야. 대단한 일도 아니지."

나는 어깨를 으쓱하고 지진아가 얼마나 미운지, 지진아가 어떻게 아무것도 아닌 일로 모든 것을 빼앗아가는지 생각했다.

"어디 살아요?"

"곧 도착할 거다."

"피곤해요. 지리학 숙제로 지도 색칠도 해야 하는데."

"걱정 마, 조니."

"아저씨 이름은 뭐예요?"

"랜디."

그리고 무슨 일이 일어났는지 모르겠다. 나는 창밖으로 고개를 내밀었고, 버거와 감자튀김과 셰이크와 초코바 때문에 속이 메슥거렸다. 내가 창밖에 토하는 동안 랜디는 계속 차를 몰았고 속도도 줄이지 않았다. 엄마처럼 손으로 이마를 짚어주지도 않았고. 그는 계속 차를 몰았고 나를 조니라고 불렀다.

"일어나라, 조니." 랜디가 내 어깨를 흔들며 말했다.

눈을 온전히 뜨고, 내가 어디에 있는지 기억하는 데 몇 분이 걸렸다. "여기 있다." 그가 포도맛 약 한 숟가락을 내 입에 밀어넣었다.

"이걸 먹으면 속이 안 좋아요." 나는 약을 삼키고 나서 말했다. 그리고 다시는 그 약을 먹지 않겠다고 다짐했다. 입안에 물고 있자고, 삼키지 말고 햄스터처럼 볼에 물고만 있자고.

"내가 넌 아프다고 했잖아. 내 말을 안 들었구나?" 그는 나에게 물을 한 잔 갖다주었다. "홍차나 토스트, 진저에일 먹을래?"

나는 어깨를 으쓱였다. 머리가 어지러웠다.

"뭔가 먹어야 해." 그는 방을 나갔다.

나는 침대에 누웠고, 그 자리에서 정신을 잃을 것만 같았다. 그러다 내가 벌거벗다시피 하고 있다는 걸 깨달았다. 속옷밖에 걸치지 않았다. 엄마가 우리에게, 특히 레이앤에게 우리와 놀고 싶어 하는 사람을 조심하라고 했던 말이 생각났다. 엄마는 누구든 그런 짓을 할 수 있다고 했다. 내가 아는 사람일 수도 있다고. 엄마는 그런 말을 백만 번쯤 했지만, 자고 있을 때 누가 옷을 벗기면 어떻게 해야 하는지는 말해준 적이 없었다. 어쨌든 기분이 좋진 않았다. 일어나 앉으니 침대 가장자리에 개놓은 옷이 보였다. 나는 옷을 보고, 옷을 개어 침대 가장자리에 올려놓는 사람이라면 어린아이를 건드리진 않을 거라고, 괜찮을 거라고 생각했다. 나는 손을 뻗어 옷을 끌어와 이불 밑에서 입었다.

"어이, 조니." 랜디가 방에 다시 들어왔다. 손에 쟁반을 들고서. 쟁반에는 계란과 토스트가 담긴 접시와 주스 잔이 놓여 있었다.

"속이 안 좋아요. 못 먹겠어요."

"아, 그래도 먹어야지. 한창 자랄 나이에."

"집에 가고 싶어요."

"네가 아프면 엄마도 집에 오지 말았으면 할 텐데."

"엄마가 날 돌봐줄 거예요."

"아기처럼 굴지 마라, 조니."

"오늘은 내가 점심값 걷는 날이에요."

"아프다고 했잖니. 아플 때 학교에 가니? 나한테 장난치지 마라. 아침 먹어."

나는 고개를 저었다.

“내가 뭐라고 했지?” 랜디가 고함쳤다. 목에 힘줄이 불거지고 얼굴이 설탕처럼 새하얘졌다. “내가 하라는 대로 하고 절대 싫다고 하지 마. 절대 아니라고 하지 마.”

나는 랜디를 보며 얼마나 재수 없는 사람이 많은지 생각했다. 어른이 되어 내 텔레비전을 갖고 늘 혼자 있을 수 있을 때까지 기다릴 수 없을 것 같다는 생각을 했다. “자, 내가 뭐 하라고 했지?”

“아침 먹으라고요.”

“그럼 먹어라.”

“계란에 알레르기 있어요.” 나는 토스트를 작게 베어물었다.

“진짜 알레르기가 있어? 시리얼 먹을래? 부엌에 라이스 크리스피가 좀 있는데. 크리스피 먹을래?”

“아뇨.” 나는 멈칫했다. “엄마한테 전화해 아프다고 말하고 싶어요. 그럼 데리러 올 텐데.”

“여긴 전화가 없어, 조니. 전화가 없어.”

랜디는 그 자리에 서서 나를 쳐다보았다. 나의 모든 행동을, 마치 나를 현미경 아래에 둔 것처럼 지켜보았다. “책 좋아하니?” 나는 어깨를 으쓱였다. 그는 침대 밑에서 낡은 잡지 무더기를 끌어냈다. “널 위해 모아뒀지. 난 밖에서 할 일이 있어. 필요한 것 있니?”

“텔레비전은 어디 있어요?”

“텔레비전 얘기는 꺼내지도 마라. 텔레비전은 널 망칠 거야. 생각을 못하게 만드니까. 넌 생각할 줄 아니, 조니?”

나는 어깨를 으쓱였고, 랜디는 방을 나갔다. 랜디가 내놓은 잡지는 어른이 읽는 애매한 유의 잡지였다. 레이앤이 치과의사 사무실 바닥에 펼쳐놓고 엄마가 그만하라고 할 때까지 그 위에서 스키를 타는, 그런 종류의 잡지였다. 나는 침대에서 나와 복도를 걸었다. 첫번째 문이 랜디 방이었다. 작았고, 햇빛이 가득 들었다. 창문이 두 개 있는데, 어디선가 산들바람이 불어 들어왔다. 공기가 빙빙 돌면서 바닥의 먼지를 들어올려 금빛으로 반짝이며 춤을 추게 만드는 것 같았다. 방에는 녹색 줄무늬 시트가 깔린 매트리스가 하나 놓여 있었고, 야후, RC, 마운틴듀가 뒤섞인 빈 음료수 병이 방 가장자리를 따라 죽 놓여 있고 창턱에도 올려져 있었다. 방에 들어가 병을 구경하는데, 랜디의 손이 내 어깨에 내려앉았다. 손으로 나를 물어뜯을 수도 있을 것 같았다. 그는 내 어깨, 내 등 위쪽 근육을 움켜쥐었다.

"그냥 보고 있었어요." 내가 말했다.

"이게 누구 방이지?" 그가 물었다.

나는 어깨를 으쓱했다.

"누구 방?"

"아저씨 방이요."

"내가 너보고 봐도 된다고 했니? 여기 들어와도 된다고 했어? 나한테 물어보기나 했냐고? 아니지!" 그는 내 얼굴에 대고 소리쳤다. "누구나 자기만의 것이 있는 거야. 그건 사적인 거고 네가 빼앗을 수 없는 거란 말이다."

랜디가 내뿜는 숨을 맡을 수 있었다. 개의 숨처럼 뜨거웠다. 고개를 돌리려 했지만, 랜디가 내 머리를 붙잡았다. 그는 엄지손가락으로 내 턱을 눌러 자기를 보게 했다.

"모든 걸 가질 순 없어. 난 네 방에 들어가서 네 물건을 보지 않잖니?"

내 방은 집에 있고, 복도 저편 방에는 파란 꽃무늬 시트를 씌운 침대와 펩토비스몰* 색 담요 말고는 아무것도 없다고 말하고 싶었다. 아저씨를 보면 레이앤이 떠오른다고 말하고 싶었다. 레이앤은 언제나 나에게 뭔가를 물어보고는 내가 대답하면 전혀 엉뚱한 말을 하곤 했다.

"너 진짜 문제구나." 랜디는 그렇게 말하고 걸어나갔다. 나는 그 뒤를 따라 복도로 나갔다. "네가 길 잃은 개니?" 그가 물었다.

"아뇨."

그가 내 어깨에 손을 올렸다. 나는 그가 나를 밀치면서 꺼지라거나 그럴 줄 알았다. 내 머리를 벽에 짓찧을 거라 생각했다.

"좀 나아졌니, 조니? 낚시 갈 준비 됐어? 열이 있나?" 그는 내 이마를 짚었다. 손바닥으로 잠깐 누르고 있다 손을 뒤집어 손등을 내 이마에 댔다. 이마 가운데에 있는 가느다란 틈으로 그의 손마디가 파고드는 것이 느껴졌다. "열은 내렸구나." 그는 손을 떼고 복도를 걸어가면서 말했다.

그가 손을 뗐는데도 두개골에 난 작은 틈 안에서 그의 손마디를 느낄 수 있었다. 나는 늘 그 틈이 구조적 기형의 일종이라고 생각했다. 그게 정상인 걸 몰랐다. 그 틈이 움직이기 시작할지 모른다

* 분홍색 소화제.

고, 머리에 지진을 일으킬 수도 있다고 생각했다. 두 반구가 갈라져 머리가 열릴지도 모른다고 생각했다. 그 틈이 닫혀 뇌가 귀로 튀어나올 수도 있다고 생각했다. 그 틈에 무슨 일이 생기면 나도 레이앤과 같아질 것만 같았다. 그것은 무엇인가가 잘못되면 언제든 나도 누나처럼 될 수 있다는 경고 같았다. 나는 이마를 문지르며 손가락으로 그 틈을 만졌다. 이마를 문지르며 랜디가 그곳을 건드리지 않았으면 좋았을 거라 생각했다.

"조니, 약 먹을 시간 아니니?"

"난 괜찮아요."

"너를 위해 먹는 거야. 자." 랜디는 병을 내밀었다. 손가락으로 라벨을 감싸 보지 못하게 하고서. 그는 뚜껑을 열고 조금 따라서 입에 털어넣고 삼켰다. 나는 고개를 저었다. "강요하는 건 아니야. 그런 게 아니야." 그는 병뚜껑을 닫더니 싱크대 가장자리에 내려놓았다. "우리 어머니는 가끔 이걸 먹이곤 했지. 가끔 밤에 우리가 잤으면 싶은데 여전히 쌩쌩하게 뛰어다니면, 침실에 들어와 내 코를 잡고 입을 벌린 다음 약을 부어넣었어. 가끔은 브랜디를 먹이기도 했고, 가끔은 뭔지 모를 것을 먹이기도 했지. 나한테는 늘 그랬지만 형한테는 안 그랬어. 형은 천식이 심했거든. 어머니도 조심스러웠던 거지." 그는 말을 멈췄다. "배고프니?" 나는 어깨를 으쓱였다. 랜디는 냉장고를 열었다. "피그 뉴턴*이면 되겠지. 난 쿠키를 잘 먹지 않지만, 피그 뉴턴은 사실 쿠키라고 할 수 없어.

* 유명한 무화과빵 상표명.

오히려 치료식에 가깝지. 여기 우유도 있다. 자, 조니." 그는 나에게 우유갑을 건넸다.

"그래도 엄마한테 전화하고 싶어요."

"전화가 없어."

"내가 어디 있는지 궁금해하실지도 몰라요."

"그렇지 않아, 조니. 너희 엄마는 네가 나랑 같이 있는 걸 알아. 어제 말했잖니."

"그렇지만 곧 집에 가는 거 아니었어요? 왜 전화가 없어요? 누구나 전화가 있는데. 전화가 없는 건 불법 아니에요?"

"나한테 법과 질서 얘기는 꺼내지 마라. 누구나 전화와 텔레비전이 있고, 그다음엔 누구나 비디오레코더와 세탁기를 가지려 하지. 그다음엔 전자레인지를 가져야 하고. 그렇다고 그 사람들이 잘난 건 아니야. 그런 제품들을 갖추기 시작하면 곤란해져. 그것들에 신경을 쓰기 시작하면서, 그게 사람이 만든 물건이라는 사실을 잊어버리거든. 그 제품을 자신의 일부로 생각하게 되고, 그러다 제품이 사라지면 자신도 사라져버린 것처럼 느끼지. 제품이 있었다 없어지면 자신도 사라진 것 같아져버려."

"아저씨 방엔 빈 병이 잔뜩 있잖아요."

"빈 것은 제품이 아니야. 너 바보니?"

"바보 아니에요."

"그렇다고 하자." 랜디는 방을 나갔다. 문이 쾅 닫히는 소리가 들렸다.

나는 피그 뉴턴을 먹고 우유를 통째로 들고 마시면서 이 방 저 방을 돌아다녔다. 아무도 우유를 잔에 따라 마시라고 하지 않으니 정말 좋다고 생각했던 기억이 난다. 집 안의 나머지 부분들은 그리 특별할 게 없었다. 소파 하나에, 여름이면 다리가 쩍쩍 달라붙는 자동차 의자와 같은 소재로 만든 녹색 의자 하나가 놓인 거실뿐이었다. 나는 소파에 앉았다가, 보이지는 않는데 갑자기 튀어나와 엉덩이를 찌르는 스프링 때문에 자리를 옮겨야 했다.

나는 앉아서 쿠키를 먹으며 공상에 잠겼다. 이거야말로 엄마도 레이앤도 없이 아빠와 나만 있다면 살게 될 그런 삶이라고 생각했다. 그리고 아빠가 찾아올 때면 우리 집이 얼마나 괴상해지는지 떠올렸다. 엄마는 뛰어다니면서 모든 것을 텔레비전 위 아니면 커피테이블 위에 쌓곤 했다. 그런 다음엔 식료품점에 가서 브로콜리와 송아지고기 같은 것을 샀다. 우리는 깨끗한 옷을 입고 엄마와 함께 거실에 앉아 있어야 했다. 아빠의 트럭이 달려오는 소리와 기어 바꾸는 소리가 들릴 때까지. 아빠가 집에 들어오면 우리는 군대에라도 온 것처럼 벌떡 일어섰고, 아빠의 얼굴에서 오지 말걸 그랬다는 표정을 읽을 수 있었다. 아빠는 집에 몰래 들어와 마치 한 번도 떠난 적이 없었던 것처럼 텔레비전을 보고 있는 자신의 모습을 우리가 발견하길 바라는 듯했다. 아빠는 자신이 중요한 존재가 아니고, 자신의 부재도 문제가 되지 않는다고 생각하려는 것 같았다. 가끔은 속임수를 시도하기도 했다. 예고 없이 들르는 것이다. 레이앤과 엄마와 내가 앞마당에 있을 때는 트럭이 길모퉁이를 돌자마자 그 소리를 들을 수 있었다. 레이앤은 고개를 들었다가 20피트 위 운전대에 앉은 아빠를 보고는 지진아답게, 어느 쪽 발이 나가야 하는지 몰라 매 걸음마다 다리가 꼬이면서 트럭을 향해 달려가곤 했다.

현관문 닫히는 소리가 났고 머릿속 어딘가에서 그 소리를 들었지만, 내가 어디에 있는지 알 수 없었다. 나는 여전히 아빠를, 아빠의 트럭과 그 운전석에서 내다보던 풍경을 생각했다.

"여어, 조니." 랜디가 말했다. "자니?"

"꼭 그렇진 않아요." 나는 중얼거렸다.

"꼭 그렇지 않은 게 뭐지?"

나는 어깨를 으쓱였다.

"종일 집 안에 있지 않아도 돼. 밖에서 공놀이하는 모습을 봤을 땐 네가 야외형이라고 생각했는데."

나는 고개를 저었다.

"난 텔레비전 보는 게 좋아요. 텔레비전을 보고 있으면 누나가 들어와요. 누나를 참을 수가 없어서 밖으로 나오기도 하는 것뿐이에요. 누나는 지진아예요. 그거 알아요?"

랜디는 고개를 끄덕였다.

"누나는 아무리 나이를 먹어도 일곱 살일 거래요. 누나는 아빠를 아저씨라고 불러요. 아빠는 같이 사는 사람이고 아저씨는 가끔 오는 사람이라서 그렇대요."

"그래. 일어나라. 낚시 가자. 오늘 잡은 걸 저녁에 먹을 거야."

"낚시할 줄 몰라요."

"내가 가르쳐줄게, 조니."

나는 어깨를 으쓱였다.

"관심 있는 게 있긴 하니?"

나는 다시 어깨를 으쓱였다.

"어깨 으쓱거리지 마라. 말을 하든가 하고 나한테 어깨 으쓱이지 마. 그건 지옥에나 떨어지라는 소리와 같아. 그보다 더 나쁘지. 애써 말을 꺼낼 가치도 없다는 뜻이잖아."

나는 랜디를 따라 숲 속을 걸었다.

"요령은 인생과 똑같아. 네가 그들을 원한다는 걸 눈치채게 하지 마. 멍청한 척하면 놈들도 멍청하게 굴지."

랜디는 보트를 물속에 밀어넣었고, 우리는 얕은 물로 걸어 들어갔다. 청바지가 허벅지까지 젖으면서 무거워져 다리를 감싸고 당기는 느낌이 들었다. 랜디는 호수 가운데로 노를 저어 들어갔다. 그러곤 나에게 커피 깡통을 내밀었다. "하나 꺼내 끄트머리에 끼워."

깡통 안을 들여다보니 지렁이가 우글거렸다. "못해요." 나는 말했다.

"할 수 있고, 하게 될 거야." 랜디는 갈고리를 내밀며 말했다. 엄마가 레이앤에게 뭔가를 시키려 할 때와 같은 말투였다. "달이 뜰 때까지 이러고 있을 수도 있어."

나는 고개를 외로 꼬고 깡통 안에 손을 넣었다. 돌돌 말린 가느다란 지렁이는 부드럽고 조금은 미끄러웠다. 지렁이가 서로 엉겨 붙어 하나만 골라내려면 깡통 안을 들여다봐야만 했다. 나는 꺼낸 지렁이를 랜디에게 내밀었다.

"낚싯바늘에. 낚싯바늘에 끼워." 나는 지렁이를 갈고리에 끼운 뒤 지렁이가 찢어지면서 배어나온 즙을 허공에 털었다.

랜디는 낚싯줄을 호수에 던지며 손목을 터는 것이 핵심이라고 설명했다. 그러곤 나에게 낚싯대를 건넸고, 나는 가느다란 낚싯줄을 쳐다보았다. 호수 건너편에 사람이 보였다. 나는 무릎으로 일어서서 손을 흔들다 낚싯대를 떨어뜨릴 뻔했다. 랜디가 내 손을 탁 쳐서 내릴 때까지 계속 흔들었다. 호수 건너편에 있는 남자가 나를 보았다. 그 남자가 마주 손을 흔드는 바람에 결국 랜디도 손을 흔들어야 했다.

"여기 나온 사람들은 혼자 있는 걸 좋아해." 랜디가 말했다. "넌 저 사람을 귀찮게 한 거야."

나는 울기 시작했다. 소리를 죽이고 혼자 울었다. 울면서 얼마나 집에 가고 싶은지, 마른 옷으로 갈아입고 싶은지, 엄마와 이야기하고 텔레비전을 보고 싶은지 생각했다.

"대체 뭐가 문제니, 조니? 이렇게 날씨 좋은 날에 낚시를 하러 나왔는데, 한 번도 안 해본 낚시를 처음 해보면서 할망구보다 더 지독하게 굴다니."

내 낚싯줄이 홱 당겨지자 나는 자세를 바로했다.

"천천히 당겨라. 조금씩 천천히."

나는 랜디 말대로 했다.

"잡혔다고 생각하게 하지 마. 녀석이 도망칠 수 있다고 생각한다면 네가 하는 대로 두고 보겠지만, 잡혔다는 걸 알면 미친 듯이 싸울 거야."

우리는 고기를 낚아 올렸고, 다음 순간 낚싯바늘에 매달린 녀석이 나를 노려보았다. 랜디는 녀석을 보트 바닥에 떨어뜨렸다. 물고기가 펄떡거렸다.

"저녁식사에게 인사해야지." 랜디가 말했다.

"난 안 먹어요."

"먹을 거야."

나는 고개를 저었다.

"바늘에 다시 미끼 끼워라."

나는 물고기 아가미가 움직임을 멈출 때까지, 죽은 게 확실해질 때까지 물고기를 지켜보았다. 십 분 정도 지켜본 뒤 다른 지렁이를 바늘에 끼웠다. 랜디는 낚싯줄을 당겨 작은 고기를 낚았다. 그리고 바늘에서 빼더니 물속에 다시 던졌다. "난 함부로 뭘 죽이는 사람이 아니야, 조니."

랜디는 세 마리를 잡고 나서 낚싯대를 내려놓았다. 우리는 보트 안에서 발치에 물고기를 둔 채 샌드위치를 먹었다. "이게 인생이지." 랜디가 말했다.

나는 랜디 방에 들어갔을 때 잡혔던 어깨에 내리쬐는 햇볕을 느꼈다. 셔츠를 뚫고 들어오는 햇볕이 아픈 곳을 문지르는 손길처럼 느껴졌다. 나는 구명 쿠션을 베개 삼아 보트에 누웠다.

"여어, 조니, 일어나라." 그사이에 랜디는 노를 저어 호수 기슭까지 왔다. "어린아이가 잠이 많구나."

"아팠기 때문에 그래요."

"오후 내내 밖에 있었잖아. 아파 보이지 않았어. 생각만 그런 거야. 머릿속으로만 아픈 거라고."

나는 보트에서 내려 보트를 숲으로 끌어내는 일을 도왔다. "어젯밤에 아저씨가 나보고 아프댔잖아요. 토하기도 했고."

"그때는 오늘만큼 널 알지 못했지." 그는 말을 잠시 멈췄다. "임신한 여자도 토하잖아. 그게 아픈 거니? 생각이 문제야, 조니."

랜디는 저녁식사로 물고기를 요리했다. 우리는 생선요리를 먹었고, 나는 뒷정리를 도왔다.

"곧 아빠가 보러 올 테니 집에 있어야 해요. 법이래요. 엄마는 우릴 피아노 옆에 세워놔요. 집에 가야 해요."

"조니, 엄마는 네가 어디 있는지 알아. 널 원한다면 와서 데려갈 거야."

다음 날 아침, 랜디는 나를 깨우더니 서두르라면서 크림치즈 샌드위치를 건네고 차 안에서 먹으라고 말했다.

"어디 가는데요?"

"나무 쪼개봤니?"

"나무껍질은 벗겨봤어요."

"도끼는 들어봤니?"

"아뇨."

랜디는 작은 쇼핑센터로 차를 몰고 가서 철물점 근처에 세웠다. 철물점 바로 옆 세븐일레븐 앞에 공중전화가 있었다. 나는 랜디를 따라 철물점 안으로 들어가면서 주머니에 손을 넣어 이십오 센트 동전을 만지작거렸다. 철물점 주인과 랜디가 도끼와 쐐기에 대해 이야기하는 동안, 나는 낚시 도구를 찾는 데 정신이 팔린 척하다 밖으로 나와 공중전화에 동전을 넣고 번호를 눌렀다. 우리 집 번호를 누르고 기다렸다. 나는 랜디가 따라나와서 날 죽일 거라고 생각했다. 도끼를 들고 나와 내 목을 칠 거라고 생각했다. 상관없었다. 전화기가 몇 번 딸깍거리더니 통화음이 울렸다. 세븐일레븐에서 사람이 몇 명 나왔다. 도와달라고 할까 싶었지만 무슨 말을 해야 할지 알 수 없었다. 나는 동전을 다시 집어넣고 번호를 눌렀다. 통화 중이었다. 끊고 동전을 다시 넣고 다시 번호를 눌렀다. 벨이 울리기 시작한 순간, 번호를 잘못 눌렀다는 생각이 들었다. 나에겐 이십오 센트 동전 하나뿐인데, 5 대신 8을 누른 것 같았다. 나는 전화를 끊고, 동전을 다시 넣고, 번호를 눌렀다. 여전히 통화 중이었다. 교환원이나 경찰에게 전화해야겠다고 생각했다. 전화를 끊고, 다시 번호를 눌렀다. 랜디가 철물점에서 나오더니 전화기에 붙어 있는 나를 보았다. 한 손에 도끼를, 다른 손에는 꾸러미를 하나 들고서.

"뭐 하는 거니?" 그가 물었다.

"엄마한테 전화하려고요."

"그래, 통화는 했니?"

"계속 통화 중이에요."

그는 전화기 쪽으로 오더니 그냥 서 있었다. 화내지 않았다. 날 죽이지 않았다. 그냥 그 자리에 서서, 통화음을 들을 뿐이었다.

"다시 걸어봐라."

나는 전화를 끊고, 동전을 다시 집어넣고, 번호를 눌렀다. 통화 중이었다. "엄마는 왜 전화기를 붙잡고 있는 걸까요?"

"누군가와 이야기하고 있겠지." 랜디가 말했다. 그는 종일이라도 그 자리에 서 있을 것처럼 세븐일레븐 벽에 몸을 기댔다. 내가 집에 전화를 걸어도 상관없다는 듯 등을 기댔다.

나를 막으려 하지 않고 가만히 서 있는 랜디를 보니 내가 바보 같았다. 마음이 아팠다. 랜디 말이 맞았다. 엄마는 날 걱정하지 않았다. 집에 앉아서 누군가와 전화 통화를 하고 있었다.

"가요." 마침내 내가 말했다.

"한 번 더 걸어봐." 그 말에 동전을 다시 넣을 뻔했지만, 무슨 말을 해야 할지 알 수가 없었다. 랜디가 저기에 서서 어서 전화해보라고 하는데, 내가 무슨 말을 할 수 있을까? 나는 동전을 주머니에 집어넣었다.

우리는 집으로 갔고, 랜디는 나에게 나무 쪼개는 방법을 가르쳐줬다. 양팔을 곧게 펴고 도끼를 돌려 어깨 너머로 젖혔다가 곧장 통나무를 내리찍는 것이다. 그는 금속 쐐기를 박아놓고 몇 번 내리치면 나무가 잉글리시 머핀처럼 쫙 쪼개진다고 설명했다.

나무를 쪼갠 다음 랜디는 요리하는 법을 가르쳐주었다. 우리는 샌드위치와 라이스 크리스피로 식사 준비를 했다. 거실에서 식사를 하고, 포커를 치면서 우유갑을 주거니 받거니 하며 마셨다. 가끔은 우유갑을 너무 높이 들어올려 우유가 얼굴로 쏟아져 귀 뒤로, 목 아래로 흐르기도 했다.

"너 같은 꼬마는 말이 더 많아야 해. 멈출 줄 모르고, 온갖 아이디어와 할 일로 가득해야 한다구."

나는 랜디를 쳐다보지 않았다.

"넌 좀 모자란 것 같구나."

나는 바닥 틈새에 낀 흙을 보았다. 랜디는 내가 모자란 것 같다고 말했고, 나는 레이앤을 생각했다. 레이앤도 머릿속에 많은 것이 갇혀 있는 건 아닐까 생각했다. 레이앤이 스스로 얼마나 지능이 낮은지 제대로 이해하지 못한다는 사실과, 날 천재로 여긴다는 사실을 생각했다. 어쩌면 나도 레이앤과 같을지 모른다고, 모두 알아차릴 정도는 아니지만 랜디 같은 사람은 눈치챌 정도인지도 모른다고 생각했다. 어쩌면 엄마 아빠가 실수로 그런 말을 안 해준 건지도 모른다고 생각했다. 그래서 아빠가 떠난 건지도 모른다. 엄마와 레이앤과 나는 다 똑같은지도 모른다. 우리 모두 정신박약인지도 모른다.

"자니, 조니?" 랜디가 물었다.

나는 고개를 저었다.

"뭐가 문제니?"

나는 어깨를 으쓱하고, 랜디가 날 때리기를 기다렸다. 크리스피가 몇 조각 남은 프라이팬이 커피테이블에 놓여 있었다, 우유갑도 같이. 나는 발을 뻗어 운동화 끝으로 팬을 쳤다. 랜디 코앞에서 팬을 떨어뜨렸다.

그는 가만히 앉아 나를 보았다. 표정에 변화가 없었다. "이제 기분이 나아졌니?" 그는 카드를 쓸어모아 쌓아올리며 물었다. 나는 어깨를 으쓱했다. 랜디가 일어섰고 나는 몸을 움츠렸다. 그러려던

건 아닌데, 나를 내려다보는 그를 보자 몸이 움츠러들었다. "날 무서워하지 마라, 조니. 너 자신을 무서워해야지." 그는 우유갑을 집어들고 부엌으로 갔다. 냉장고 문이 열렸다 닫히는 소리가 들렸다. 랜디가 의자를 끌어다 앉는 소리가 들렸다. 나는 소파에서 일어나 몸을 숙였다. 팬을 주워들고 부엌에 가져가 조리대에 올려놓았다.

"잘 자라, 조니." 랜디가 말했다. 그는 혼자 카드놀이를 하고 있었다.

"안녕히 주무세요." 나는 복도를 지나 내 방으로 갔다.

다음 날 아침에 일어나니 랜디가 없었다. 나는 거실 소파에 앉아 기다리다 밖으로 나가 콘크리트 계단에 앉았다. 흙마당 저편에 아직 쪼개서 쌓아야 할 통나무가 남아 있었다. 나는 도끼를 들었다. 기억보다 무거웠다. 도끼로 나무를 쪼갰다. 삼십 분쯤 지나자 랜디가 차를 몰고 왔다.

"어디 갔었어요?" 내가 물었다.

그는 어깨를 으쓱였다. "신발 신어라. 신발도 안 신고 밖에서 일하면 안 돼."

나는 그를 따라 집에 들어갔다. "어젯밤엔 미안했어요." 나는 말했다. 아침 내내 머릿속으로 연습한 말이었다.

그는 고개를 끄덕였다.

나는 복도를 지나 신발을 가지러 갔다. 랜디는 부엌에서 혼자 계란요리를 했다. "미안하다고 했잖아요."

"들었다." 그는 계란을 프라이팬에서 접시로 옮겼다. 내가 계속 쳐다보자 그가 나를 마주 보았다. "나무를 다 쪼갰니?" 나는 고개를 저었다. 랜디는 먹기 시작했고, 나는 밖으로 나가 나무를 쪼개 쌓았다.

나무를 다 쪼갠 다음 방에 들어가 잠을 잤다. 농구공 튀기는 소리가 나를 깨웠다. 랜디가 복도에서 드리블을 하고 있었다. 그는 공을 튀기면서 문간에 와 섰다. "일어나라, 조니. 가자."

"어디를요?"

그는 어깨를 으쓱이고 공을 나에게 던졌다. 세게.

나는 공을 잡았다. 내 공이었다. 랜디가 차에 태운 날 밤부터 보지 못한 공이었다. 나는 공을 잠시 들고 있다 침대에 내려놓았다.

"가져가야 해." 그가 말했다.

나는 그를 따라 차를 세워둔 곳으로 갔다. "운전할 줄 아니?"

"난 너무 어려요."

"너무 어린 건 없어." 그는 운전석을 최대한 앞으로 당겼다. 그렇게 해도 내 다리는 페달 근처에도 닿지 않았다. "너무 작구나." 랜디가 말했다. 나는 그가 운전할 수 있게 옆으로 옮겨 탔다. 그가 좌석 조절 레버를 당기자 앞자리 전체가 뒤로 밀렸다.

"또 낚시하러 가요." 내가 말했다.

"안 갈 거야, 조니." 그가 말했고 나는 오랫동안 조용히 있었다. 길은 고속도로로 이어졌고, 나는 랜디가 자동차 속도를 올리는 걸 느낄 수 있었다. 오후였다. 해가 지기 시작했다.

"우리 어디 가는 거예요?"

그는 한동안 대답이 없었다. "넌 내가 생각했던 아이가 아니야."

"그게 무슨 뜻이에요?"

그는 고속도로에서 빠져나왔고, 우리는 익숙한 장소에 도착했다. 나는 무릎에 올려놓은 공을 돌렸다.

"널 다시 데려다주는 거야." 그가 모퉁이를 몇 번 돌자 나도 어디로 가는지 알 수 있었다.

"내가 뭘 잘못했어요?"

"넌 내가 찾던 아이가 아니야. 조니가 아니야." 랜디는 언덕 밑 농구 코트 바로 아래에 차를 세웠다. 코트 안에 들어와 나를 조니라고 불렀을 때 차를 세워두었던 바로 그 자리였다. "내려라." 그가 말했다. 나는 계기판을 보며 앉아 있었다. "넌 사흘 동안 엄마한테 전화하고 집에 가겠다고 징징거렸어. 이제 집에 왔으니 어서 내려라."

"왜요?"

그는 몸을 기울여 내 쪽 문을 열었다.

"내려." 그가 내 어깨를 밀었다.

나는 내렸다.

랜디는 차를 빙 돌리더니 왔던 길로 되돌아갔다.

나는 언제나 똑같은 뒷마당들을 지나 집으로 걸어갔다. 똑같은 길을 걷는데 모든 것이 다르게 느껴졌다. 내가 늘 좋아했던 모든 것, 어디에 누가 살고 누구네 개 이름이 무엇인지 안다는 사실 때문에 기분만 더 나빠졌다. 빨랫줄을 지나치면서, 퍼킨스 부인의 꽃무늬 속옷을 보고 우습다는 생각 대신 찢어버리고 싶다는 생각을 했다. 모든 것을 끌어내 갈기갈기 찢어버리고 싶었다. 나는 사이먼네 마당을 지나 우리 집 뒷마당에 들어섰다.

레이앤이 혼자 내 모래통에서 놀고 있었다. 레이앤은 열세 살에다 엄마보다 덩치가 큰데도 모래통에서 놀았다. 나는 레이앤이 날 볼 때까지 가만히 서 있었다. 레이앤은 나를 보더니 펄쩍 뛰어 일어나려 했다. 하지만 그렇게 빨리 움직이지 못했고, 자기가 뭘 하는지도 몰랐다. 그래서 넘어졌고, 다시 일어나야 했다. "에롤, 에롤." 레이앤이 달려오며 나를 불렀다. "에롤." 레이앤의 말이 마치 "에러, 에러"처럼 들렸다. 레이앤이 다가오자 나는 농구공을 떨어뜨리고 돌아서서 반대 방향으로 뛰어갔다. 나는 내가 모르는 이웃들이 사는 곳이 나올 때까지 뛰었다. 에러라고 외치는 레이앤의 목소리가 들리지 않을 때까지 뛰었다.

더위 속의 청키

Chunky in Heat

접이식 의자의 비닐 로프 위에서 넓적다리가 축 늘어진다. 더위 때문에 두 넓적다리가 플라스틱 속으로 녹아드는 것 같다. 반바지 아래로 스며나와 비닐 사이로 미끄러져, 마침내 잔디밭 위에 지방을 뚝뚝 떨어뜨릴 것만 같다.

"청키?" 엄마가 미닫이 유리문 너머에서 부른다. 물에 빠진 사람이 물속에서 말하는 것처럼 목소리가 약하다. "일 좀 보러 가는데, 같이 갈래?"

셰릴은 고개를 젓는다. 두번째 턱이 가슴 위로 흔들리며 땀이 주르륵 흘러내린다.

"왜 안 가?"

엄마는 유리문 뒤에서 꿀꺽거리는 것 같다.

셰릴은 대답하지 않는다.

"지금 나간다." 엄마는 그렇게 말하고도 유리문 뒤에서 몇 분을 기다리다 밖으로 나간다.

셰릴은 뒷마당 한가운데에 놓인 의자에 누워 있다. 오른손으로는 잔디를 잡아뜯고, 초점 없는 눈으로는 지금과 비슷한 상황이었던 어느 날 오후의 흔적인 뜯겨나간 잔디 부분을 응시한다.

사람들은 캔디바 이름을 따서 그녀를 '청키'라고 부른다. 셰릴이 가장 좋아했던 캔디바다. 시작은 엄마였다.

셰릴이 캔디바를 남동생과 나눠 먹지 않으려 했을 때 일이다. "나눠 먹기엔 너무 작아." 셰릴은 남은 캔디바를 입에 밀어넣고 이야기를 끝냈다.

남동생은 그녀를 뚱보라고 부르며 배를 찔렀다. 손가락이 뱃살에 파묻혔다.

"누나는 좀 퍼진(chunky) 것뿐이야." 엄마가 말했다.

"그거 딱이네." 남동생이 말했다.

그후로 남동생은 그녀를 청키라 불렀고, 그다음엔 모두가 그녀를 청키라 불렀으며, 그러고 나서 그녀는 제대로 푹 퍼졌다. 마치 청키라는 별명이 실제로 살을 찌우는 것처럼. 그녀는 캔디바를 싫어하게 되어 미스터 굿바를 먹기 시작했지만, 아무에게도 말하지 않았다.

셰릴은 뚱뚱하다. 다만 지금까지 몰랐을 뿐이다. 전에는 늘 자신을 덩치 큰 소녀, 자라고 있는 소녀, 무엇이든 할 수 있는 소녀라고 생각했다. 지금, 더위 속에서, 햇빛 속에서 그녀는 움직임 없이 부어오른 채 누워 있다. 점점 커지는 느낌이다. 숨을 들이마실 때마다 부풀어오르는 것 같다. 그녀는 너무 많이, 너무 깊이 숨 쉬지 않으려 한다. 이중턱이 가슴을 누르고 숨통을 조여 질식할 것만 같다. 셰릴은 고개를 뒤로 젖혀 기도를 연다.

그녀는 고개를 젖히면서 〈보그〉에서 본 모델을 생각한다. 어느 부위든 구부릴 수 있을 것처럼 생긴 남동생의 인형 병사 조(그녀는 병사 조크(joke)라고 부른다) 같은, 관절 인형 같은 모델. 해변에 누워 산들바람을 맞는 마른 사람을 생각한다. 그들은 말랐기 때문에 공기역학적이라는 사실을 깨닫는다. 모래밭에 누운 자기 모습은 딱 모래밭에 퍼진 해파리다.

작은 비행기처럼 날개를 펼친 엄청나게 큰 곤충 두 마리가 웅웅거리며 스쳐 지나간다. 녀석들은 셰릴의 머리 부근에서 왔다갔다하다 샴쌍둥이처럼 배와 배를 붙인다. 그리고 희미한 소리를 내며 서로를 때린다. 짝짓기다. 셰릴은 안다. 곤충들이 무엇을 하는지는 알지만, 어떻게 하는지는 모른다. 무엇으로 짝짓기를 하는지는 모른다. 아무것도 볼 수 없다. 곤충은 녹색 눈이 불룩하고, 더듬이로 서로를 더듬는다. 셰릴은 구역질이 난다. 너무 많은 감각, 너무 많은 혼란이 있다. 셰릴은 접이식 의자 위에서 몸을 뒤틀어 자세를 바꾸고, 균형을 다시 잡는다. 의자는 넘어져 셰릴을 풀밭에 내동댕이칠 듯 뒤뚱거리며 허공을 향한다. 셰릴은 팔걸이를 움켜쥔다. 꽉 잡으면 안전할 거라 생각하면서.

"잡으러 간다, 잡으러 간다." 옆집 사람의 목소리가 들린다. "우우, 지금 잡으러 간다." 날카로운 비명 소리가 들린다. 즐거운 비명이다. 옆집 사람이 뒷마당에서 딸을 쫓아다닌다. 딸은 여섯 살이다. "못 잡을 거야. 못 잡을 거야." 아이는 아빠 흉내를 내며 도발한다.

"우, 잡고 말 테다."

"그만." 엄마가 소리를 지르자 침묵이 돌아온다.

셰릴은 마당과 집 뒤편을 둘러본다. 모든 것이 열기에, 빛에, 하루의 정점에 마비되기라도 한 듯 그림자도 없이 정지해 있다. 집이 평평해 보인다. 잡지에서 오려내 다른 사진에다 붙여놓은 것 같다. 집을 둘러싼 울타리와 옆집 마당에서 넘어와 밧줄처럼 감긴 담쟁이에도 불구하고 집은 어느 순간 날아올라 저 푸른 너머로 사라져버릴 것 같다. 닻이 없다. 삶의 흔적이 없다. 그네도, 수영장도, 바비큐도, 뒤뜰에 누운 셰릴 말고는 아무것도 없다.

셰릴은 집을 응시하면서도 더위 속의 자신에게, 더위 속에서 자신이 입은 옷에 초점을 맞춘다. 셰릴은 캡슐 약에 씌운 보호막처럼 옷을 입고 있다. 옷은 그녀의 몸을 적당히 구획 짓는다. 팔과 다리를 나누고, 살갗과 살갗이 닿아 서로 쓸리지 않게 보호해준다.

땀을 흘리자 셰릴의 옷은 몸에서 분리되어 조금씩 미끄러지기 시작한다. 셰릴과 상관없이 독립적으로 움직인다. 숨을 들이마시면 브라가 갈빗대를 죄는 고무밴드처럼 올라가 붙었다가, 숨을 내쉬면 더 위로 올라간다.

극단적으로 의식이 날카로워진 순간, 그녀는 몸을 펴고 손을 등 뒤로 돌려 브라를 풀고, 새총처럼 가슴께에서 철썩 울리게 한다. 브라를 셔츠 아래로 끌어내려 툭 잔디밭에 떨어뜨린다.

뜨거운 공기 속에서 그녀의 살갗은 진득해지고, 허벅지 위쪽은 한데 붙어 자위할 때처럼 서로를 사로잡는다. 그녀는 다리를 움직여 떼어낸다. 이렇게 붙었다 떨어지자 부드럽게 입 맞추는 소리가 난다. 그녀의 허벅지는 생각 속에서라도 서로를 문지른다.

멀리서 초인종이 울린다. 청력 검사 때 듣는 소리 같다. 삐 소리가 나는 쪽 손가락을 들어주세요. 초인종 소리에 이어 목소리가 들린다.

"청키, 청키, 집에 있어?"

옆집에 사는, 셰릴보다 세 살 어린, 그녀가 아무에게도 말하지 않는 놀이를 함께하는 소년이다. 그도 원하고 그녀도 원하고, 그녀와 같은 나이의 누군가를 찾을 수도 없어서다. 그리고 셰릴이 덩치가 더 크고, 그는 그녀가 하라는 대로 하기 때문에 함께할 때 기분이 더 낫기도 하다. 그는 그녀가 뚱뚱하다는 사실에 신경 쓰지 않는데, 그건 익숙해지기도 했고 익숙해질 만한 다른 사람을 모르기 때문이기도 하다. 또 그녀가 연상인 것도 소년에게는 좋다. 어디에서도 말할 수는 없지만, 그런 사실이 혼잣속으로나마 새로운 자신감을 주기 때문이다. 그녀는 그에게 진짜 벗은 모습을 보여주지 않는다. 그녀의 규칙이고, 일이 어긋나지 않게 만드는 부분이다. 그는 부분 부분만 볼 뿐, 지나치게 보거나 압도되지 않는다. 또 입을 맞추려 들지 않고, 그녀는 그 점이 마음에 든다.

"청키, 거기 있어?" 소년의 목소리는 남자라기에는 높다. 그녀는 그가 말을 안 했으면 좋겠다. "청키, 집에 있는 것 같은데."

그녀는 부르는 소리를 듣고도 대답하지 않는다. 그를 원하지 않는 건 아니지만, 말할 기운이 없다. 그녀는 접이식 의자에 누운 채 그가 집 옆으로 돌아와 뒷마당에 있는 그녀를 찾아내는 상상을 한다. 웃통을 벗고, 몸에 비해 생소하고 너무 넓어 보이는 어깨를 드러낸 그를 상상한다. 반바지를 내리면 또하나의 다리처럼, 타고난 불구처럼 곧게 튀어나오는 성기를 본다. 그녀는 다리를 벌리고, 그는 다가온다. 두 허벅지 사이에 공간을 만들기 위해 다리를 활짝 벌려야 한다. 그는 잔디밭에 무릎을 꿇고 밀고 들어온다.

그는 그녀의 가슴을 움켜쥐고 자전거 손잡이에 달린 검은 고무 벌브처럼 비틀고 또 비튼다. 그는 거세고 빠르게 밀어붙인다. 그녀는 온몸으로 그것을 느낀다. 그가 밀어붙이면 그녀 몸에서 가장 새로운 부분, 가장 신선한 지방, 가장 부드러운 살이 파르르 흔들린다. 둔부, 허벅지, 엉덩이 아랫살이 흔들린다. 매번 가슴이 흔들린다. 그 느낌이 좋다. 그녀는 흔들림을 사랑한다.

뚱뚱하면 이런 이점이 있다는 말은 아무도 하지 않는다. 뚱뚱하면 온몸이 쾌락을 느낀다. 온몸 구석구석이 믿을 수 없을 만큼 감각적이다. 지방 덩어리를 다 덮느라 피부가 팽팽하게 당겨져 신경이 노출되거나 예민해지는 게 아닐까. 살끼리 부비는 감각만이 아니라 살의 존재 자체, 몸에 매달려 따로따로 들썩이고 흔들리고 서로 닿는 감각.

"청키, 안에 있어? 대답 안 하면 그냥 간다."

그녀는 그가 그녀 위로 올라오지 않고, 성기만 넣은 채 멀찍이 떨어져 있는 모습을 상상한다. 그가 밀어붙일 때마다 그녀의 몸이 땀에 젖은 비닐 위로 밀려 올라가, 관계가 끝났을 때는 그녀의 머리가 의자 끄트머리를 넘어가 그의 손이 닿지 않는 상황을 상상한다.

그녀는 그를 상상하고, 그를 상상하면서 반바지 안으로 손을 밀어넣는다. 그를 상상하며 반바지를 무릎까지 내린다. 발꿈치를 의자 바닥으로 찔러넣어, 접착테이프를 뜯어내듯 의자에서 엉덩이를 밀어올린다. 조금 아프다. 그 아픔이 마음에 든 그녀는 살갗이 쓰리고 땀이 버터처럼 의자를 덮고 몸이 더는 자리에 붙어 있지 않을 때까지 밀기를 반복한다. 그녀는 셔츠를 목까지 끌어올려 젖꼭지에 바람을 쐰다.

다 끝내고 자신이 반쯤 벗은 상태임을 깨달았을 때, 그녀의 바지는 무릎에 셔츠는 목에 걸려 있고 지금 바깥에 있다는, 한낮에 누가 볼 수도 있는 곳에 있다는 쾌감이 너무 강렬해, 그리고 갑자기 누군가, 최소한 한 사람 이상이 그녀가 옷을 올리고 내리는 모습을 다 보고 있는 것 같은 느낌이 들어 이번에는 더 느리게, 관객을 위해 다시 한번 하게 된다. 옷도 다 벗어버린다. 그녀는 등을 대고 누운 채로, 누가 그녀를 지켜본다고 상상하며 그 행위를 한다. 오직 사람들이 자기를 보고 있으며 자신은 뚱뚱하지도 마르지도 않은 성(性), 순수한 성이라는 생각만 한다. 그리고 자기를 보면서 그들도 똑같이 할지 모른다고 생각한다. 그 생각이 마음에 든다.

셰릴은 어렸을 때, 아마도 다섯 살쯤에 침대에서 바지를 내리고 엉덩이를 허공에 내밀고 있는데 엄마가 방에 들어왔던 순간을 기억한다. 그때도 그녀는 몸 위에, 몸 안에 바람을 쐬길 좋아했다.

"뭐 하는 거니?" 엄마가 물었다.

그때도 셰릴은 대답하지 않았다.

그녀는 창피함을 넘어서는, 정확한 표현을 찾을 수 없는 어떤 느낌을 받았던 기억이 난다. 셰릴은 이런 짓을 하기엔 나이가 많다. 나이가 많기 때문에 창피하다.

셰릴은 의자에 벌거벗고 누워 있다. 엄마가 집에 온다. 셰릴은 집 건너편으로 차가 들어오는 소리를 듣는다. 에어컨이 아직 켜져 있는지 팬 돌아가는 소리가 들린다. 그리고 자동차 시동 끄는 소리. 팬은 여전히 돌아간다. 차 문이 열리고 다시 닫히지 않는다. 갑자기 모든 것이 엉망이 된다.

엄마가 문을 밀어 열더니 딸을 보지도 않고 "청키" 하고 부른다. "청키, 청키, 엄마가 부르잖니." 엄마는 셰릴이 해변에 올라온 고래처럼 허연 몸을 드러내고 있음을 알아차리지 못한다. "청키."

셰릴은 생각에서 헤어나오지 못한다. 자신이 한낮에 마당에서 벌거벗고 누워 있다는 사실을 자각한다. 자기 이름을 부르고 있다는 걸 깨닫는다.

그녀는 엄마가 집 안에 다시 들어가 911을 누를 거라 상상한다. 911에 전화해 열여섯 살짜리 뚱보 딸이 뒷마당에서 K마트에서 사온 의자에 벌거벗고 누워 있다고, 이름을 불러도 대답을 못한다고 할 것이다.

"스위티."* 엄마가 부르자, 셰릴은 스위티라는 말은 칼로리가 몇 일까 생각하다 말일 뿐이므로 칼로리가 없다는 것을 깨닫는다.

"식료품점에 갔다 왔는데, 짐 푸는 것 좀 도와줄래?"

---

* 이름 대신 친근감 있게 부르는 표현 가운데 하나.

엄마가 말한 '짐 푸는 것 좀 도와줄래'는 말 그대로의 의미를 담고 있다. 기꺼이 혼자 할 용의가 있지만, 셰릴이 원한다면, 벌거벗고 마당에 누워 있는 것 말고 다른 일을 하고 싶다면 와서 도와도 된다는, 그러나 의무는 없다는 뜻이다. 선택사항일 뿐이다.

셰릴은 짐 풀기를 좋아한다. 이것저것 열어보고, 정리하기 전에 조금씩 맛보는 것을 좋아한다.

셰릴은 길게 쩍 소리를 내며 의자에서 일어나 집 쪽으로 걸어간다. 두 다리가 스칠 때마다 코듀로이가 스칠 때 나는 소리가 난다. 그녀가 걷자 가슴과 배와 엉덩이가 튀어오른다. 서로 다른 박자로, 그러나 지친 리듬 섹션처럼 모두 기묘한 당김음으로 튀어오른다.

그녀는 문지방을 넘는다. 바깥의 빛과 안의 어둠이 이루는 대조가 어둠을 더 어둡게 만들어 순간 앞이 보이지 않는다. 잠시 동안 보이는 것이라곤 거실 바로 맞은편 현관뿐이다. 문은 열려 있다. 문밖의 빛을 볼 수 있다. 그녀는 집 안을 가로질러 반대쪽으로 걸어나갈까 생각한다. 어둠이 그녀를 껴안아 삼켜버린 것 같다. 그녀는 꼼짝 않고 서 있다. 거실 벽 양쪽에 거울이 있다. 그녀는 믿을 수 없을 만큼 희고 커다란 덩어리인 자신을 본다. 자신의 외형, 범위, 크기를 본다. 일그러진 느낌이다.

에어컨 공기 속에서 그녀는 몸이 줄어드는 것을, 어쩐지 온몸이 작아지는 것을 느낀다. 거울에서 눈을 돌려 열린 문에 초점을 맞춘다. 엄마가 문밖에서 자동차에 실린 봉지를 꺼내고 있다. 옆집 소년이 스케이트보드를 타고 지나가다 문 안을 들여다본다. 그녀를 보더니 이름을 부른다. "청키." 셰릴은 그 자리에 서 있다. 그녀를 보는 그를 보고, 그녀를 부르는 소리를 듣고도 가만히 서 있는다. 깨닫지도 못한 새 그녀는 손을 내려 사타구니를 가린다. 엄마가 꾸러미 세 개를 들고 들어와 그녀를 보더니 말한다. "옷 입어라."

짐 트레인

Jim Train

짐은 매일 역까지 걸어다니자고 생각한다. 새로 이사한 집을 나서서 인도를 걸으며 이웃집을 지나고 작은 다리를 건너 기차역으로 가면 즐거울 거라고, 살아 있다는 느낌이 들 거라고 상상한다.

"생각할 시간이 생기거든." 그는 왜 다른 남자들처럼 아내가 운전하는 차를 타고 역까지 가지 않느냐고 묻는 사람들에게 말한다.

"난 원대한 생각을 하는 게 즐거워." 그는 어느 날 저녁 아내에게 말한다. "바로 지금 그게 필요해. 생각이야말로 내 양식이야. 먹어야 사는 법이지."

짐은 호호 크림케이크 한 조각을 입안에 털어넣는다. 입술에 크림이 묻는다.

"이해해." 아내는 그를 쳐다보지 않고 말한다. 입안에 든 음식을 보면 속이 메스껍기 때문이다. "잘 자." 그녀는 침대 옆 램프를 끈다.

짐은 아침에 걸어가다 탁한 배기가스를 인도 위 허공에 흩뿌리고 있는 시동 걸린 빈 차 옆을 지난다. 그는 눈에 보이는 연기를 피해봐야 아무 소용 없고, 독성은 사방에 있다는 걸 알면서도 빙 돌아간다.

그는 한 손에 서류가방을 들고 코트 때문에 땀을 약간 흘리며 젊어진 기분으로, 기대에 부풀어 학교에 가면서도 걸음을 질질 끌어 늘 등교 시간 직전에야 도착하는 사내아이처럼 허청허청 걷는다.

시내로 가는 길에 그는 생각을 다시 검토해보는데, 그런 생각은 연설 형태로 찾아올 때가 잦다. 매일 그 연설에 무엇인가를 더하거나 빼다보면, 역에 도착할 무렵에는 긴장이 풀려 열차가 들어오면 비집고 들어가 앉아 무릎에 서류가방을 올려놓은 채 바로 잠들어버린다. 가방 무게와 그 아래 갇힌 열기가 그나마 남은 정자 수를 줄이겠지.

짐은 뉴욕 시에 사는 모든 사람이 그렇듯, 혹은 그래 보이듯 변호사다. 사무실은 시내의 높은 사무실 건물 34층에 있다. 매일 아침, 혈통 좋은 리트리버에게 지지 않을 만큼 쾌활한 얼굴로 메시지를 들고 다가오는 비서의 인사를 받은 뒤 그는 제일 먼저 방문을 닫고 집에 전화를 건다.

"도착했어." 그는 아내나 가정부가 전화를 받으면 바로 말한다.

"그래." 반대편에서 들려오는 목소리는 이렇게 말하도록 정해져 있다.

"응. 끊을게." 짐은 말한다.

전화를 걸었을 때 가끔 아무도 받지 않으면 짐은 불안해진다. 손바닥에 땀이 나고, 숨쉬기가 힘들어진다. 마비된 듯 책상에 앉아 누군가가 받을 때까지 이 분마다 재발신 버튼을 누른다. 일 분마다, 아니면 삼십 초마다 다시 걸지 않을 방법은 그것뿐이다. 몇 년 전까지는, 시내에서 이사하기 전까지는 이런 일이 없었다. 뭐라 해도 그 무렵에는 아내가 집에 없어도 부근 어딘가엔 있었고, 짐의 사무실 창 밑을 지나가고 있을 수도 있었다. 그러나 지금은 아내가 집에 없다면 정말로 어딘가에 간 것이고, 집에서 몇 마일 떨어진 곳은 물론이고 다른 주에 가 있을 가능성마저 있다.

매일 저녁 여덟시가 지나고 모든 사무실이 비면, 짐은 복도 저편으로 걸어가 선임이사 패터슨의 의자에 앉아 맨해튼의 스카이라인을 내다본다. 십오 분이나 이십 분 정도 편하게 앉았다가 나가는 길에 복도를 엿보고 청소부가 멀리 있다는 것을 확인한 뒤, 지퍼를 내리고 패터슨이 문 옆에 둔 커다란 화분에 오줌을 눈다.

아주 급할 때가 아니면 점심시간 이후 일과가 끝날 때까지 오줌을 누지 않는 것이 짐의 규칙이다. 여덟시쯤이면 상당량의 소변이 모인다. 그것은 그의 종교의식이자 구원책이다.

짐은 플린치 앤 피바디 앤 패터슨 법률회사에 들어온 뒤 얼마나 많은 식물을 죽였는지 기억하지 못한다. 패터슨의 비서는 식물이 자꾸 죽는 이유가 빛이 부족해서거나 건물 안 공기가 탁해서, 아니면 식수의 납 함유량이 높아서라고 생각하는 모양이다. 동료들은 패터슨의 문가에서 나는 끔찍한 냄새를 두고 농담을 나눈다. 그중 핵심을 찌르는 농담은, 별로 늙지도 않았는데 벌써부터 늙은

이처럼 오줌을 지리느니 당장 죽는 게 낫다는 것이다.

"방해한 건 아니겠지?" 패터슨은 껄껄 웃으며, 선임이사가 누굴 방해한다는 건 있을 수 없는 일임을 충분히 의식한 채 짐의 사무실로 들어온다. "자네가 플린치 앤 피바디 올해의 사원으로 뽑혔네."

짐은 무슨 소린지 알아듣지 못한다. 깜짝게임 참가자가 된 기분이다.

패터슨의 비서가 커피테이블만 한 액자를 들고 들어온다. 패터슨은 입이 귀에 걸렸다. 갑자기 사진사가 들어오더니 액자를 사이에 두고 서 있는 패터슨과 짐을 몇 장 찍는다. 짐의 비서가 큰 화분을 들고 들어온다. 짐은 얼굴이 새빨개지고 무릎이 고무처럼 흐느적거리는 듯하다.

이건 농담이라고, 지독한 농담이라고 짐은 생각한다. 이게 플린치 앤 피바디가 직원을 해고하는 방식이라고.

"자랑스러워해야 해." 패터슨은 짐의 손을 잡고 흔들며 말한다. "누구나 올해의 사원에 뽑히는 게 아니거든. 나도 한 번도 못했다네. 자네가 매일 밤 모두 떠난 뒤까지 남아 있는 걸 내가 몰랐을 것 같나. 나에게도 첩자가 있다고." 그는 짐에게 눈을 찡긋하고 나간다.

"축하드려요." 짐의 비서가 화분을 안은 채 말한다. 못해도 40파운드는 나갈 게 분명하다. "이걸 어디에 놓을까요?"

"집에 가져가지. 난 심각한 식물 알레르기가 있어."

비서는 화분을 들고 자기 자리로 돌아간다. 짐은 집에 다시 전화를 건다. 통화 중이다.

상을, 특히 화분을 받은 충격이 그를 약하게 만든다. 아직도 눈앞에 사진사가 터트린 플래시의 파란 점이 보인다. 일을 할 수가 없다.

"이른 점심 약속이 생각나서." 짐은 나가는 길에 비서의 책상을 지나치며 말한다.

나는 자수성가한 사람이야, 그는 엘리베이터 안에서 혼잣말을 한다. 은색으로 반짝이는 제어반을 들여다보니 왜곡된 그의 거울상이 보인다. 내가 널 만들었고, 원할 때면 언제든 부술 수 있어. 마음에 새겨두라고, 자네.

짐은 오랫동안 산책을 한다. 블록을 두 번 돌고는 더 멀리까지 갈 힘을 얻어 강 쪽으로 향한다. 그는 직장에 대해, 패터슨의 큰 의자에서 본 풍경에 대해, 오후 내내 참았다가 오줌을 쌀 때 느끼는 쾌감에 대해 생각한다. 반 시간쯤 지나 완전히 기운을 되찾은 짐은 다시 사무실로 걸어간다.

사방에 경찰차와 소방차 천지다. 봉쇄된 거리는 사람들로 넘쳐난다. 짐은 기겁한다. 머리가 어지럽다. 아무도 어떤 상황인지 모르는 것 같다. 마침내 그는 사람들 위로 높이 솟아오른 비서의 머리를 발견한다.

"다행히 괜찮으시군요." 비서가 말한다.

"무슨 일이야?" 짐이 묻는다.

"폭탄 협박이래요."

짐은 경찰차에 기대선 패터슨 씨를 보고 다가간다.

"트레인, 트레인, 자네 여기 있었군, 정말 다행이야. 그러면 모두 대피한 거로군."

"정말 폭탄이 있는 겁니까?"

패터슨은 우울한 표정이다. "그럴 수도 있지. 실제로는 몰라. 까다로운 사건을 몇 개 진행 중이었는데 연관이 있을지도 모르지. 베르트하이머 기억하나?" 패터슨은 몇 달 전 이상한 상황에서 그만둔 사람을 언급한다. "베르트하이머일 수도 있어. 사람이 무슨 짓을 할지는 절대 모르는 법이지." 패터슨은 손가락으로 머리를 두드려 정신이상 가능성을 암시하면서 고개를 끄덕인다. 짐 트레인도 패터슨과 같이 고개를 끄덕인다. "집으로 가게." 패터슨이 말한다. "오늘은 이걸로 마치자고."

짐은 고개를 젓는다. "가방이 안에 있습니다. 전화도 몇 통 걸어야 하고요."

"관둬." 패터슨은 쫓아내기라도 하듯 손가락을 털며 말한다. "집에 가라고."

짐은 꾸물거린다. 집에 가고 싶지 않다. 일하러 가고 싶다. 그는 올해의 사원이다. 34층에, 책상 바로 옆에 기념 액자가 있다. 그 액자를 어디에 걸지 정해야 한다. 짐은 거부당한 기분으로, 게다가 재킷과 가방이 없어 난감한 기분으로 렉싱턴 가를 걸어 42번가로 향한다.

그는 폭탄을 생각한다. 폭탄이 패터슨의 화분에 묻혀 있다고 상상한다. 폭탄이 키 큰 열대식물을 미사일처럼 쏘아 올린다. 식물은 분노에 내던져진 것처럼 34층 창문을 깨고 나온다. 일 초가 지나면 모든 창문이 날아가고, 오렌지색 불덩어리가 층 전체를 점령한다. 쉭, 세계가 연기에 휩싸인다.

짐은 집으로 가는 두시 사십분 열차에서 내려 따뜻하고 맑은 오후 햇살 속에 인도를 걷는다. 거리는 스테이션왜건으로, 사방으로 향하는 합승 무리로 가득하다. 짐은 운전자들의 표정에서 인도는 유모차 미는 여자와 열두 살 이하 아이들이나 이용하는 곳이라는 생각을 분명하게 읽는다.

그는 궂은 날만 아니면 매일 저녁 보이는 뇌성마비 소년 앞을 지난다. 소년은 아침엔 나와 있지 않은데, 짐은 뒤틀린 몸 때문에 옷을 입고 음식을 먹는 데 시간이 꽤 오래 걸리기 때문일 거라 생각한다. 바지와 셔츠를 맞춰 입고 집 앞 진입로 끝에 고통스럽게 구부린 자세로 굳어 있는 소년을 보면, 무쇠로 만든 경마기수가 자동차나 트럭에 받히면 꼭 그런 모습일 것 같다.

소년은 짐을 보고 손을 흔든다. 짐도 마주 손을 흔든다. 결코 말은 하지 않는다. 소년의 대답을 자신이 이해하지 못할지도 모르고, 그러면 일이 복잡해질 뿐 아니라 기분까지 우울해질지 모른다는 생각에 손만 흔들고 만다.

문득 그가 일찍 집에 오는 바람에 소년에게 혼란을 주었을지도 모른다는, 소년이 저녁식사를 기대하며 집에 들어가거나 할지도 모른다는 걱정이 든다. 어쩌면 소년의 어머니가 이를 아들의 상태가 더 나빠지고 있으며 이제 그녀가 돌보기에는 나이도 너무 많고 힘이 들지 않은가 하는 의심을 뒷받침하는 증거로 여기고, 저녁을 먹기 전에 기관에 전화해 다음 날 아침까지 소년을 데려가도록 조처할지도 모른다.

짐은 한 블록을 돌아가 왜 일찍 왔는지 설명해야 한다는 충동을 느끼지만, 설명할 생각을 하니 너무 피곤해 죄책감만 느끼고 말기로 한다.

짐의 열쇠로는 문이 열리지 않는다. 그 순간 그는 엉뚱한 집으로 왔다는, 자기 집 주소도 잊어버렸다는, 뇌성마비 소년처럼 진입로 끝에 가만히 서서 누군가가, 기왕이면 아내가 차를 몰고 지나가다 알아봐주기를 기다려야 할지 모른다는 두려움에 사로잡힌다.

짐은 부엌문에서 현관문으로, 다시 부엌문으로 간다. 껑충 뛰어 창문 안을 들여다본다. 현관에 덩그렁 놓인 자신의 구두가 보이자 안심한다. 그의 물건이 주는 익숙한 느낌과, 그것과 분리되어 있다는 불안감 때문에 들어가야겠다는 의지가 더 강해진다. 그는 문을 열려고 씨름하다 열쇠를 부러뜨린다.

"젠장." 그가 말한다.

"누구세요?"

진입로 끝 덤불 너머로 이웃 사람의 목소리가 들린다.

"거기 누구 있습니까?"

그는 대답하지 않는다. 그리고 벌받는 아이처럼 현관 계단에 앉는다. 황무지 한가운데에 혼자 있는 것만 같다. 오 분 동안 무릎에 가슴을 대고 앉아 구두끈의 플라스틱 끄트머리로 애꿎은 구두끈 구멍을 찌른다.

87번가에 살 때라면 절대 일어나지 않았을 일이다. 아래층에 내려가 관리인에게 여벌 열쇠를 받아오면 그만이었을 것이다. 모퉁이만 돌면 펄먼의 집이니 편안한 거실에서 기다릴 수 있었을 것이다. 짐은 삶이 더 쉬웠고 거저나 다름없었다고 기억하는 과거 속에 살고 있다.

짐은 넥타이를 풀고 분홍색 옥스퍼드 천 셔츠에 회색 플란넬 바지 차림으로 뒷마당에 들어선다. 진달래 덤불 속에 들어가보지만 캠프라도 온 것처럼 지루하다. 마당 여기저기에 작은 녹색 싹이 튀어나와 있다. 아이들이 진입로 옆 흙바닥에 놓아둔 모종삽과 갈퀴를 보자, 잡초를 뽑으면 기분이 나아질 거라는 생각이 든다. 불안한 에너지가 방향을 돌릴 것이다. 한 번도 되어본 적 없는 존재, 농부가 될 수 있을 것이다.

짐은 엎드려서 땅을 파고, 흙에서 푸른 싹들을 뽑아낸다. 잡초를 세 무더기 쌓고 셔츠로 터번을 만들어 감는데, 차 한 대가 들어온다. 그는 가족이 돌아왔다는 사실에 기뻐하며, 머리에 느슨하게 감은 셔츠의 소매를 코끼리귀처럼 늘어뜨린 채 집 앞으로 달려간다.

빌 수리점 남자가 무슨 문제라도 생긴 듯한 얼굴로 그를 본다. 그 표정 때문에 짐은 자신을 본다. 흙투성이다. 가슴털에 흙덩이가 붙어 있다. 회색 바지에는 세제 광고에 나올 법한 풀물이 들었다. 바지 한쪽 무릎께는 찢어져 상처가 드러났다. 파묻혀 있던 돌멩이에 무릎을 찧는 바람에 생긴 상처다.

"나무 심는 중이쇼?" 수리공이 묻는다.

트럭에는 빌이라고 쓰여 있지만 작업복에는 밥이라는 이름이 수놓여 있다. 짐은 밥이 빌 밑에서 일하는 게 분명하다고, 어쩌면 둘이 친척일지도 모른다고 생각한다.

"잡초를 뽑고 있어요." 짐은 심기와 뽑기, 식물과 잡초를 분명 구분하지 못하는 데다 자기 이름을 수놓은 셔츠를 입고 다니는 남자에게 자기 상황을 설명하는 것이 즐겁다.

"온수기를 고치러 왔는데요." 밥이 말한다.

"문에 문제가 있어요. 열쇠가 부러졌지 뭡니까."

"어느 문요?"

짐은 부엌문을 가리키고, 수리공은 트럭에서 공구상자를 꺼낸다. 짐은 수리공을 따라 계단을 올라간다. 두 사람이 문을 열고 있는데 짐의 아내가 집 앞에 차를 세운다. 수전은 짐을 보고 놀란 얼굴인데, 짐이 평소보다 일찍 집에 와서인지 아니면 머리에 셔츠를 두르고 가슴팍에 흙을 묻힌 모습에 허를 찔려서인지 모르겠다.

"아빠!" 딸 에밀리가 달려와 그의 무릎을 끌어안는다.

"뭐 가져왔어요?" 맏이인 제이크가 묻는다.

"나뿐인데." 짐이 말한다.

제이크는 얼굴을 찡그리며 짐이 진입로 옆에 쌓아놓은 잡초 더미를 본다.

"이제 큰일 났네요." 제이크가 말한다.

"이런 멍청이!" 수전이 차 옆으로 돌아와 뒷마당을 보더니 비명을 지른다. "내 금잔화를 다 파헤쳐놨어." 그녀는 고함을 지르며 마당을 가로지른다. "도대체 문제가 뭐야? 당신 미쳤어?" 짐은 계단을 달려 내려가 마당에 선다. 이웃들이 이 고함소리를 듣지 못하게 수전을 죽이고 싶은 마음이 굴뚝같다.

"조용히 해." 그는 큰 소리로 말한다. "조용히 하라고."

"당신이 내 정원을 망쳤어, 바보." 수전은 소리치더니 팔짱을 끼고 마당 한가운데에 가만히 선다.

빌의 수리공이 트럭에서 장비를 꺼내려고 밖으로 나온다. 수리공이 히죽 웃자 짐은 주먹을 날리고 싶은 충동을 느끼지만, 아이들이 보고 있다. 완전히 망신당한 어른은 어떻게 행동하는지 보려고 기다리고 있다.

짐은 그들을 지나쳐 계단을 올라가 집 안으로 들어간다.

그는 속으로 내가 금잔화가 뭔지 알 까닭이 있냐고, 난 플린치 앤 피바디 올해의 사원이라고 생각한다.

그는 침실로 올라가 바구니 속 내용물을 침대 위에 비우고, 지저분한 옷을 고르게 펼친 뒤 그 위에 눕는다. 천장을 응시하며 엄지손가락을 빨다가 이따금 부드러운 천으로 얼굴을 문지른다. 그가 긴장을 푸는 방식이다. 그는 이런 버릇이 긴장했을 때 발륨을 먹거나, 운동기구를 들거나, 물탱크 같은 곳에 몸을 담그는 것보다 이상하다고 생각하지 않는다. 에밀리가 병을 하나 들고 들어와 곁에 눕는다.

"아빠 지저분해." 에밀리가 말한다.

짐은 고개를 끄덕인다.

"그래도 괜찮아." 에밀리는 짐의 가슴에 머리를 얹고 병을 빨다 잠든다.

전화벨이 울린다. 짐은 에밀리가 깨지 않도록 조심스럽게 일어나 복도로 나가 전화를 받는다.

"여보세요, 빌 맥아더입니다."

"아, 안녕하세요, 빌. 잘 지내죠?" 수전이 부엌 전화기로 말한다.

짐은 이 빌이 누구인지 기억해보려 한다. 이 집에 산 여섯 달 동안 네 명의 빌, 두 명의 밥, 세 명의 로버트, 한 명의 로비를 만났는데, 그는 그중 누구도 구분하지 못한다.

"좋아요, 좋아." 빌이 말한다. "지금 애들을 데리고 공원에 가서 공놀이를 하려고 하거든요. 그쪽 아이들도 데려오면 어떨까 싶어서 전화했습니다."

"좋은 생각이네요."

짐이 일 분 전에 아래층에 내려가 여보, 아이들 데리고 공원에 가서 공놀이나 하자, 라고 했으면 수전은 미친 사람 보듯 했을 텐데.

"제가 들를 테니 그 집 차로 따라오시죠."

짐은 빌 맥아더가 어떤 놈인지 상상해보려 한다. 진짜 맥아더와는 무슨 관계일까? 직업은 있을까? 가족은, 마누라는?

"애들아, 애들아, 어디 있니?" 수전이 계단을 달려 올라오며 부른다. "신발 신어라. 공원에 갈 거야."

"나도 가도 되나?" 적신 수건으로 에밀리의 얼굴에서 짐에게서 옮겨 묻은 흙과 잠기운을 닦아내는 수전 옆에 서서 짐이 묻는다.

"당신은 집에서 내 금잔화를 다시 심어야지."

짐은 덩크슛이라도 당한 기분이다. 아내가 숲 속에서 빌이라는 사내와 공을 쫓아다니는데, 그가 무슨 일을 할 수 있겠는가?

"당신 고리는 끼고 다녀?" 짐이 묻는다.

"무슨 고리?" 수전이 묻는다.

"알잖아, 이거." 짐은 자기 손에 낀 결혼반지를 돌린다.

"아, 반지. 잠깐 놀랐잖아.* 당연하지. 접시 닦을 때만 빼고. 그런데 왜 물어?"

집 앞에서 맥아더가 경적을 울린다.

짐은 층계참에 서서 창밖을 내다본다. 어떤 망할 자식인지는 모르지만 빌 맥아더에게 손을 흔들어주려 하는데, 정작 그자는 짐을 보지 못한다.

짐은 밖에서 샤워를 하기로 한다. 그러면 다 씻고 나서 욕조 청소를 하지 않아도 될 테지. 그는 수건과 비누를 챙긴 뒤 호스를 끌고 마당으로 나간다.

그는 웨스트체스터 전 지역과 코네티컷에 걸쳐 뒷마당에 벌거벗고 선 남자들을 상상하며, 이거야말로 도시에 살지 않는 남자들이 할 만한 일이라고 생각한다. 에이브러햄 링컨처럼 야외에서 샤워를 한다. 원기 왕성한 방식이다. 진정한 샤워법이다.

그는 가슴털에 박힌 흙을 골라내고, 손가락 사이를 문지른다. 호스를 나뭇가지에 걸쳐놓고 물을 튼다. 아주 차갑지는 않아도 차긴 차다. 짐은 노래를 부르기 시작한다. 머리부터 발끝까지 비누거품을 내고, 몸에서 흘러내리는 작은 진흙 강을 지켜본다. 머리를 헹구고, 눈에서 비누거품을 걷어낸 뒤 마당 저편 덤불을 본다.

---

* 고리(ring)에는 피임용 링이라는 의미도 있다.

울타리 위로 작은 얼굴 두 개가 올라와 있다. 둘 다 킬킬거린다. "아저씨 쉬야 좀 봐." 작은 목소리가 말한다. 짐은 돌아선다. 녀석들이 좋은 기분을 망쳤다. 그는 자기 집에서 하고 싶은 대로 할 자유도 없냐고, 몸에서 흙도 못 씻어내냐고 생각한다. 이런 일도 허가가 필요한가? 이건 에이브러햄 링컨이 생각한 미국이 아니다.

화가 나고, 창피하기도 하다. 아이들 쪽으로 호스를 돌리고 싶지만, 그랬다간 말썽만 일으킬 것을 안다. 대신 조심스럽게 아이들에게 등을 돌리고 몸을 헹군 다음 허리에 수건을 두른다. 주의깊게 옷가지와 비누와 호스를 챙겨 들고, 흔적을 남기지 않은 채, 깨끗한 발로 삑삑 소리 나게 풀을 밟으며 집으로 걸어간다.

그는 젖은 머리를 뒤로 말끔하게 넘긴 채 거실 등받이의자에 앉는다. 수전이 새 가구를 잔뜩 사서 낯익은 가구가 없다. 편안한 가구가 없다. 짐은 부엌에 들어가 전화를 걸어보려 한다. 수첩은 사무실에 둔 가방 안에 있다. 누가 어디에 사는지 기억나지 않으니 주소로 전화번호를 알아낼 수도 없다. 그는 어둠 속에 앉아 아내와 아이들이 돌아오기를 기다린다. 그들은 오는 길에 맥도날드에 들렀나보다. 옷에서 냄새가 난다.

그는 잠든 에밀리를 수전에게서 넘겨받아 침대로 데려가 눕힌다.

"왜 오후에 집에 온 거야?" 그가 아래층으로 내려가자 수전이 묻는다.

그는 에밀리의 침실 쪽을 가리키며 수전에게 목소리를 낮추라는 몸짓을 한다. "폭탄 협박 때문에."

"다른 사람들은 일찍 퇴근하지 않았던데?" 수전은 믿을 수 없다는 듯 묻는다.

"도시 전체가 아니라 우리 건물만이야. 정확히는 우리 회사만."

"그거 이상하네. 내일은 가?"

내일 아침에 출근하지 않을 수도 있다는 생각은 하지 못했다. 수전은 제이크에게 잊지 말고 교정기 끼라는 말을 하려고 2층으로 올라간다. 전화가 울리고 짐은 회사 사람이길 희망하며 수화기를 든다.

"수전 있습니까?" 남자 목소리다.

"아니요. 없는데요."

"밥 웰링턴입니다. 지난번에 자동차수리점에서 만났는데 타이어는 잘 굴러가는지 확인하고 싶어서요."

"아주 잘 굴러가는 것 같습니다만." 짐이 말한다.

"그 차로 몇 마일이나 주행한 겁니까?"

"모르겠군요."

"흠, 오일 교체했는지 확인하라고 해주세요. 4, 500마일까지 버틸 수 있다고들 하지만, 350마일마다 바꿔주는 게 좋습니다. 버티다간 엔진이 약해져 차가 고장나거든요."

"그렇게 전하지요."

"혹시 수전 아버님이십니까?" 밥 웰링턴이 웃으며 묻는다.

"아니요." 짐이 말한다.

"흠, 반가웠습니다."

"다들 당신이 이혼한 줄 아는 모양이야." 옷을 갈아입고 잠자리에 들 준비를 하며 짐이 수전에게 말한다. 그는 속옷을 벗는 수전을 보며, 그녀가 몰래 직업을 얻었다고 상상해본다. 해변에 집을 사려고 팁을 모으는 교외 콜걸이라면 어떨까. 열심히 일하면 내년 여름쯤엔 햄프턴에 집을 살 수 있겠지.

"당신은 주로 사무실에 있으니까." 그녀가 말한다.

"이 작자들은 뭔데, 일할 필요도 없나?"

수전은 아래층으로 내려간다. 짐은 그녀를 따라간다. 그녀는 식기세척기를 돌린다. 기계가 일 초쯤 돌아가다 끔찍한 소리를 내며 멈춘다.

"젠장." 그녀가 말한다.

"내가 해볼게." 짐은 세척기를 열고, 닫고, 시작 버튼을 다시 누르고, 세척기를 내려다본다. 아무 변화도 없다.

"로비 마틴에게 전화해야겠어." 수전이 말한다.

"전화할 필요 없어." 짐이 말한다.

"당신은 못 고쳐. 어떻게 해야 하는지 전혀 모르잖아."

짐이 아무것도 할 줄 모른다는 말은 사실이다. 그는 뭐든 내버려두면 알아서 고쳐지리라 생각하는 편이다.

짐은 침실로 돌아가 파자마를 벗고 옷을 다시 입는다.

"어디 가?" 수전이 옷을 입고 문으로 향하는 짐을 보고 묻는다.

"아무 데도."

짐은 자동차에 시동을 걸고 집 가까이 붙인 다음 불빛을 마당에 비춘다. 원거리용 헤드라이트를 켜고 차에서 내린다. 금잔화를 다시 심으면서 열여섯 살짜리 패거리가 그 불빛을 파티로 오해할까 두려운 마음에 계속 어깨 너머를 흘끔거린다. 그를 발견한 아이들이 노인이라 생각해 그를 묶고 재갈을 물린 다음, 집 안으로 들어가 스테레오를 켜고 모든 것을, 아내와 아이들까지 다 먹어치우는 상상을 한다.

아침 여섯시 십오 분 전에 전화가 울리자 짐은 곧바로 죽음을 생각한다.

"여보세요." 그는 나쁜 소식을 예상하며 전화를 받는다.

"트레인 씨." 그의 비서다. "패터슨 씨 비서가 오늘 사무실을 열지 않는다고 전해드리라며 전화했어요. 경찰이 아직 수사 중이래요."

"알려줘서 고마워. 혹시 하우나 워스 전화번호 아나?"

"알아보고 다시 연락드릴게요."

"서두를 건 없고." 짐 트레인은 전화를 끊고 다시 기분 좋고 생산적인 꿈에 빠져든다. 사무실에 부드러운 소파와 텔레비전을 들여놓아 집처럼 보이게 다시 설계하는 꿈이다. 일만 하는 게 아니라 살 수도 있는 장소로……

일곱시 반에 수전이 일어난다. 짐은 침대에 누워 옷을 입는 수전을 지켜본다.

"몸이 안 좋아?" 수전이 묻는다.

"괜찮아." 그는 담요를 턱까지 끌어당긴다.

수전은 블라우스를 입기 전에 화장을 하고, 화장이 묻지 않게 블라우스를 머리부터 넣어 입는 쇼를 연출한다. 짐은 순서를 바꾸면 더 쉽지 않겠냐고 말하고 싶지만, 아무 말도 하지 않는다. 거울

속에 비친 수전의 얼굴은 뇌졸중에라도 걸린 사람처럼 창백하다. 그녀는 마스카라를 덧칠해 속눈썹을 감초 막대기처럼 만든다.

"그만 일어나는 게 어때." 수전이 말한다. "제이크를 학교에 좀 데려다주면 좋겠는데."

마지막으로 학교까지 태워다줬을 때 제이크는 운전하는 내내 버릇없이 굴었다. "길을 잘못 들었어요." 녀석은 고함을 질렀다. "우리 학교가 어디 있는지 알기는 해요? 지름길을 놓쳤잖아." 짐은 언덕 위에서 차를 세우고 내려 반대쪽으로 걸어갔다.

"네가 운전해라." 짐은 그렇게 말했다.

"아빠." 그의 아들은 투덜거렸다. "아빠, 차에 타요. 아빠 때문에 지각이야."

제이크는 꼭 수전처럼 말했다. 짐은 길거리에 서서 아들이 "애처럼 굴지 말아요"라고 말하길 기다렸다. 십 분 정도 침묵을 지키다 다시 차에 올라 제이크의 학교까지 남은 길을 달려갔다.

"제이크 태워다줄 거야?" 수전이 해면으로 얼굴에 마지막 손질을 더하며 묻는다.

"저 혼자 걸어가도 돼." 짐은 대답한다.

그는 침대에 누워 비서의 전화를 기다린다. 수전은 아래층에 내려가 아이들에게 학교 갈 준비를 시킨 다음, 인사도 없이 아이들을 데리고 나간다.

짐은 패터슨의 화분을 생각하고, 앞으로는 누구 화분에 오줌을 눌까 궁리한다. 그러면서 동료들이 퇴근한 후 사무실에 몰래 숨어들어가 사무실마다, 모퉁이마다 조금씩 오줌을 누는 상상을 한다.

젊고 야심차던 시절 믿었던 빗나간 약속에 대한 복수다. 그는 현실에선 모두가 알고 있는데도 자기만의 비밀이라 믿는 스스로를 상상한다. 그들은 새로 온 직원들에게 책상 속에 숨겨둘 공기청정제를 줄 것이다. 주마다 새로운 화분이 배달될 것이다. 아무도 짐에게 감히 말을 꺼내지 못할 것이다. 그는 트레인이니까, 플린치 앤 피바디 앤 패터슨 앤 트레인의 트레인.

아홉시에 비서가 전화해 하우의 번호를 알려준다.

"워스는 목록에 없네요."

짐은 번호를 잡지 뒷면에 받아 적고 비서에게 즐거운 하루 보내라고 말한다.

"그럴 거예요. 메이시 백화점 세일 기간이거든요." 비서가 말한다.

그는 탈장수술이라도 받고 돌아온 사람처럼 조심스럽게 침대에서 일어난다. 그리고 아픈 사람처럼 천천히 걷는다. 아프지 않고서야 어떻게 주중 오전에 집에 있을 수 있겠는가?

짐은 하우에게 전화를 건다. 하우는 좋이 열 번은 울리고서야 수화기를 든다. 짐은 턱 밑에 수화기를 끼운 채 부엌에 서서, 자유로운 양손으로 냉장고에서 아무 음식이나 잡히는 대로 꺼내 입에 털어넣는다.

"왜 이렇게 늦게 받아?" 짐이 묻는다.

"아내가 받을 줄 알았지. 평소에는 그러거든."

"무슨 소식 있어?"

"아내가 집에서 나가래. 여섯시까지는 돌아오지 말고, 일곱시면 더 좋겠다는군. 나 때문에 미칠 지경이라나."

짐은 냉장고 문을 닫고 싱크대에서 손을 씻는다.

"나가서 출근용 셔츠와 구두나 살까봐." 하우가 말한다.

"메이시에서 세일 중이라더군."

"그러면 거기로 가야겠군. 폭탄에 대해 들은 거 있어?"

"아무것도. 자네는?"

"마지막으로 들은 게 아직 확인 중이라는 말이었어. 이상하지 않나?"

"그렇기도 하고 아니기도 하고." 짐이 말한다.

그는 자신이 회사에서 가장 철학자에 가까운 존재일 거라 생각한다.

"그래, 그렇지. 가정부가 전화를 쓰고 싶어하는군. 끊어야겠어." 하우가 말한다.

통화 중 대기음이 울린다.

"그래." 짐은 말하고 수신 버튼을 누른다. "여보세요?"

"빌 수리점인가요?" 여자 목소리가 묻는다.

"아닌데요. 어제 여기 오긴 했습니다만." 짐이 말한다.

"질 로빈슨인데요. 트레인 부인께 시내 츄츄에서 한시에 뵙겠다고 전해주시겠어요?"

짐은 지하실 겸 차고에서 나는 큰 소리에 깜짝 놀라 대꾸 없이 전화를 끊고, 식칼을 움켜쥐고서 지하실로 달려 내려간다.

"꼼짝 마." 그는 잔디 깎는 기계를 훔쳐가는 남자에게 외친다.

"당신 누구요?" 남자가 묻는다.

"그쪽이야말로 누구지?" 짐은 칼을 휘두른다.

"풀 깎으러 왔는데, 뭐 안 해도 되면 나야 좋지." 남자는 기계가 든 가방을 내려놓고 차고 밖으로 나가 진입로에 세워둔 트럭으로 향한다.

정오, 짐이 식칼 보관 서랍을 정리하는데 수전이 들어온다.

"왜 옷을 안 갈아입었어?" 수전이 묻는다.

"할 일이 없으니까." 짐이 우울하게 대답한다.

전혀 평소답지 않다. 일이 없으면 짐은 어둡고 우울한 남자일 뿐이다.

"옷 입어. 시내에서 점심 먹을 거야." 수전이 말한다.

"당신 한시에 츄츄에서 질 로빈슨을 만나기로 했잖아."

"그러니까 서둘러." 수전이 말한다.

"음, 안녕하세요." 질은 좀 지나치게 상냥한 목소리로 말한다.

처음 만나는 자리다. 짐은 묻지 않고도 그녀가 부동산 중개인임을 안다. 이 부근 여자들은 대개 사회복지사 아니면 부동산 중개인이고, 드물게 소아과 의사도 있다. 질은 사회복지사라기에는 너무 활동적이고, 의사라기에는 너무 멍청하다. 그 자리에 수전이 없었다면 짐은 질을 바에 앉히고 집을 팔거나, 확 태워버린 다음에 보험금을 받는 게 가능할지 의논했을 것이다.

"별 문제 없으시죠? 저한테는 얘기하셔도 돼요. 비밀은 지켜드리거든요." 질이 말한다.

짐은 생각한다. 얼마나 오래? 오 분?

질은 분명 흥분했다. 그녀가 보기에 남편이 주중에 아내를 따라 나오는 경우는 둘 중 한쪽이 뭔가 끔찍한 병, 이를테면 불임이나 유방암 같은 진단을 받았을 때뿐이다.

"오늘 오전에 병원 예약이라도 있었어요?" 질이 묻는다.

"아뇨. 폭탄 협박이 있었어요." 수전이 대답한다.

질의 눈이 반짝인다. 여종업원이 음료를 주문하겠냐고 묻자, 짐은 마티니를 시키려다 관둔다. 질의 눈빛을 보니 만나는 사람마다 붙잡고 그가 알코올중독이라고 말할 게 분명하기 때문이다.

"BLT 샌드위치와 콜라." 짐이 말한다.

수전과 질은 집에 대해 이야기를 나눈다. 무엇이 좋은지, 나쁜지, 고장인지, 누가 고치는지 등등. 아무래도 빌 수리점이 여기에서 나온 것 같다.

이 지역의 모든 집에 들어가본 질은 그 집에 무엇이 있는지로 거기 사는 사람의 점수를 매긴다. 자동차, 대형 텔레비전, 대형 냉장고 등등. 저 여자는 입만 다물 수 있다면 강도짓으로 떼돈을 벌 수도 있을 거라고 짐은 생각한다.

더는 참을 수가 없어진 그는 전화를 걸어야겠다며 테이블을 떠난다. "사무실에 확인할 게 있어서." 짐은 바로 가서 고개를 들지 않도록 주의하며 더블 마티니를 주문한다. 그리고 화분 사이로 수전과 질을 지켜보며 수전이 질을 왜 만나는지 궁금해한다. 머리카락을 저렇게 완벽하게 고정시킨 여자와 친구가 되다니, 수전답지 않다. 어쩌면 수전이 변한 건지도 모른다고 그는 생각한다. 마치 이런 변화가 뭔가 더 심각한 변화, 이를테면 알츠하이머 같은 병의 전조라도 되는 것처럼.

그는 마티니를 단숨에 들이켜고 상기된 얼굴로 자리에 돌아간다. 마침 종업원이 주문한 음식을 내려놓는다. 짐은 양상추 이파리나 베이컨 조각이 목구멍에 걸리면 빼낼 수도 없고, 빼내고 싶지도 않으리라는 걸 알면서도 조심스레 샌드위치를 집는다. 십중팔구 수전도 그럴 것이다.

그는 숨통이 막혀 주위 세상이 점점 작아지는 가운데 수전과 질을 바라보는 자신의 모습을 그려본다.

"뭔가 조치를 취해야 하지 않을까요?" 질이 물어볼 것이다. 먼저 다른 사람에게 의견을 묻지 않고는 아무것도 할 수 없는 여자니까.

"아뇨. 놔둬요. 괜찮아요." 수전은 말하겠지.

그는 바닥에 쓰러진 자신과, 강아지 흉내를 내는 어린아이라도 보듯 사랑스러운 눈길로 그를 보는 수전과 질의 모습을 상상한다. 그의 눈이 뒤집히는데도 여자들은 하던 대화를 계속할 테고, 짐은 겨울 준비에 관한 얘기를 들으며 숨을 거둘 것이다.

그는 이건 질식 시나리오를 끝내기에 좋은 해결책이 아니라고 생각한다. 죽기 좋은 방법이 아니다. 사무실에서, 사무실에서라고 생각하며 생각이 사탕이라도 되는 양 빤다. 날 아주 좋아하는 비서와 이야기를 나누고, 가까운 레스토랑에서 술을 마시고, 로비에서 눈먼 남자가 파는 과자를 사고, 창밖을 내다보며 패터슨의 화분에 오줌을 누는 거다. 눈물이 고인다. 당장 울 것만 같다. 그는 다 괜찮다고 스스로를 타이른다. 모두 괜찮아질 거다.

"괜찮으세요?" 질이 짐에게 묻는다.

질은 고개도 들지 않고 음식을 밀어넣다 더는 먹을 게 없으면 고개를 들고 바로 트림하는 남자들에게 익숙하다.

"괜찮아요. 고마워요." 짐이 말한다.

"다 드셨어요?" 종업원이 접시를 치우며 묻는다.

"예." 짐은 종업원이 접시를 치우기 전에 샌드위치에 꽂힌 알록달록한 플라스틱 칼을 뽑으며 말한다.

"귀엽기도 해라." 질이 말한다.

"우리랑 같이 쇼핑몰에 갈래?" 수전이 특별한 제안이라도 하듯 눈썹을 움직이며 묻는다.

"난 그냥 집까지 걸어갈게." 그는 일어서며 말한다. "걷기 좋은 날씨야. 만나서 반가웠습니다." 그는 팔을 위아래로 흔드는 동작이 태엽을 감아 집으로 걸어가게 해주는 열쇠라도 되는 듯 질의 손을 격하게 흔든다.

아름다운 날이다. 짐이 기억하는 어느 날보다 아름답다. 하늘은 새파랗고, 나무는 잎이 무성하고, 산들바람이 분다. 완벽하다. 사람 하나 없이 거리가 텅 비었다는 것, 유모차도 보모도 보이지 않는다는 것만 빼면 완벽하다. 짐은 그 고요함이 불편하다. 뭔가 끔찍한 일이 일어나 자기만 빼고 모두 도망친 것만 같은 느낌이다. 다음 모퉁이를 돌면 돌연변이 거인 살인자가 기다리고 있을 것이다. 높은 나무 위에 있다 그를 덮칠 것이고, 그는 무엇이 그를 공격했는지도 모를 것이다. 그는 집에 도착하기 전에 죽으리라 확신하며 걸음을 빨리한다. 가슴으로 느낄 수 있다. 그를 낚아채러 내려오는 존재가 없더라도 뭔가 일어날 것이다. 그는 쓰러질 것이다. 인도 위에 늘어질 것이다. 지나가는 자동차들은 옷 안의 짐은 보지 못한 채 옷만 보고는 자선단체를 위해 쌓아둔 옷더미라고 생각할 것이다. 그는 달리기 시작한다. 더 빨리, 더 빨리 달린다. 몸이 뒤틀린 소년이 늘 있는 자리에 서 있는 모습이 보일 때까지. 소년을 보자 마음이 가라앉은 짐은 달리기를 멈추고 아주 멀리서부터 손을 흔든다. 소년이 마주 손을 흔든다.

"일찍 집에 왔어." 그는 목소리가 들릴 만큼 가까워지자마자 말한다.

"해고당했어요?" 소년은 자기 몸만큼이나 뒤틀린 목소리로 묻는다.

짐은 고개를 젓는다. "아니."

"잘됐네요. 기뻐요." 소년은 작별 인사로 손을 흔든다.

집 앞 계단을 오르며 짐은 회사 생각을 한다. 내일은 사무실을 열지 않는다고 해도 출근하겠다고, 그냥 사무실에 나가겠다고. 경비원이 위층에 올라가지 못하게 해도 집으로 오지는 않을 것이다. 자비를 베풀어달라고 매달리는 한이 있어도……

총알 캐처

The Bullet Catcher

프랭크는 성에 제거 장치가 있는 냉장고 근처를 맴돌며, 다음다음 통로에서 들려오는 대화에 귀를 기울였다.

"우웩, 줄리, 이게 다 뭐야. 트레이닝 바지? 소형 세탁건조기? 쇼핑백에 들어가지도 않겠다."

"다른 쇼핑백에 넣어. 거기가 더 넉넉하잖아."

"나 좀도둑질 그만하기로 한 거 알잖아."

"그거 넣지 마, 멍청아! 센서가 달렸다고."

그는 전기톱 사이로 그들이 보이길 기대하며 전동공구 쪽으로 걸어갔다. 통로 끝에 다다라 모퉁이 너머로 고개를 내밀었다. 그와 그의 아내가 '빅 헤어'라고 부르는 머리 모양을 한 여자애 셋이 보였다. 한 명이 천천히 돌아서더니 쇼핑백에 믹서를 집어넣었다. 줄리였다. 이웃집 딸, 토요일 저녁에 프랭크네 아이들을 봐주는 아이.

"우웩, 믹서라니. 그걸 어디다 쓰게?"

"내 방에서 다이어트 음료를 만들지. 또 언젠가는 크리스마스 선물도 줘야 할 거 아냐." 줄리가 말했다.

"믹서 좋지. 믹서를 훔치는 사람이 어디 있겠어." 다른 여자애가 말했다. 1마일은 될 것같이 긴 데다 신선한 피에 담갔다 뺀 듯 새빨간 손톱을 빼면 눈에 띄는 구석이라곤 없는 아이였다.

줄리는 믹서 위에 소형 분쇄기를 올렸다.

"빨리 좀 해. 배고파." 세번째 여자애가 말했다. 짧은 티셔츠로 커다란 가슴을 가까스로 가렸을 뿐 브래지어는 하지 않았다. 프랭크는 이제 좀 자제할 때라고 말해준 사람이 아무도 없나 궁금했다.

"또 배가 고프다고? 방금 치즈버거에 감자튀김까지 먹었잖아."

가슴이 자라고 있으니 양분이 필요하겠지. 프랭크는 생각했다.

"토했어."

"진짜?" 긴 손톱 여자애가 물었다.

발육이 지나치게 좋은 여자애가 고개를 끄덕였다. 프랭크는 그 여자애를 티나라고 부르기로 했다.

"무슨 문제라도 있는 거야?" 줄리가 물었다.

"요거트 아이스크림 같은 걸 먹어야겠어. 입안이 너무 텁텁해." 티나가 말했다.

"그렇겠지." 손톱이 말했다.

손톱은 온갖 물건이 담긴 쇼핑백에 드라이어를 추가했고, 셋은 가게 밖으로 걸어나갔다.

여자애들이 입구로 다가가는 동안 프랭크는 뒤로 처졌다. 경비원이 아이들을 붙잡을 때 그 자리에 있고 싶지 않아서였다. 그는 L사이즈 꽃무늬 드레스가 걸린 옷걸이 옆에 서서 아이들이 아무 탈 없이 쇼핑몰 복도를 걸어나가는 것을 보았다. 그제야 발버둥치고 비명 지르고 욕을 하고 아마도 강간범이라고 소리칠 그애들을 잡아 관리사무소로 끌고 가야 하는 게 아닐까 생각하며 서둘러 뒤를 쫓았다.

그는 손목시계를 확인했다. 타이어를 사야 했고, 이십 분 뒤에 쇼핑몰 반대쪽 끝에 있는 트위스티 프리즈 앞에서 아내를 만나야 했다.

"이런 젠장, 돌아, 반대쪽으로 가." 손톱이 말했다.

"왜?" 티나가 물었다.

"협조 좀 해. 애덤이야."

"그래서?"

"네 머린 형광등이니?"

"애덤!" 손톱이 빽 소리를 질렀다. 레코드가게(이제는 레코드판이 아닌 테이프와 CD만 팔지만) 앞에 서 있던 청년이 흠칫했다. "애덤, 여기 누가 왔는지 좀 봐." 손톱은 권총이라도 겨누듯 줄리의 귀에 손가락을 갖다댔다. "줄리야."

줄리는 손톱의 손을 쳐냈다. 손톱은 쇼핑백을 떨어뜨리고는 줄리를 마주 때렸다.

"이년아, 도와주려고 한 거잖아!" 손톱이 말했다.

쇼핑몰 한가운데에서 손톱과 줄리는 손톱을 칼날처럼 휘두르며 서로를 할퀴었다.

"이리 와봐." 손톱이 애덤에게 말했다.

그는 여자애들 쪽으로 걸어가다 멋내려고 풀어둔 제 신발끈을 밟는 바람에 팔굽혀펴기 자세로 엎어졌다.

프랭크는 위가 내려앉는 느낌을 받았다. 인류의 추락, 실패가 주는 끔찍한 감각.

애덤은 창피해 죽겠다는 듯 고개를 들지 못하고 엎드려 있었다.

여자애들은 애덤의 추락이라는 대단원과 함께 마술처럼 손톱을 거두고 깔깔거리며 걸어갔다.

프랭크는 맥도날드에 들어가 여자애들 옆줄에 섰다. 우연히 줄리와 눈이 마주치자 둘은 동시에 얼굴을 붉혔다.

"안녕." 프랭크가 말했다.

"안녕하세요." 줄리는 바로 눈을 내리깔았다.

프랭크는 줄리를 보고, 토요일 밤에 그의 아이들과 집에 있을 때 줄리는 무엇을 할까 생각했다. 딱히 떠오르는 광경은 없었지만 그런 생각만 해도 무서워졌다.

프랭크는 딸아이의 장난감 가구를 연상시키는 플라스틱 칸막이 안에 앉아 여자애들을 염탐할 작정이었다. 열대식물이 시야를 가로막았다. 그는 감자튀김을 몇 개 집어먹고 콜라를 마셨다. 여자애들은 조용했다. 뭔가 타는 냄새가 났다. 감자튀김 하나를 집어 코에 대고 킁킁거렸다. 목을 길게 빼고 숨을 깊이 들이마시며 주위 공기를 점검해보았다…… 플라스틱 타는 냄새였다.

세 아이는 절도광에 방화광인 데다 색정증도 있는 것 같았다. 그는 눈을 감았다. 그리고 낄낄거리기, 자세 취하기, 근육이 따로 노는 부적절한 움직임, 분명 즐겁겠지만 결국 좌절감으로 귀결될 엉덩이 때리기가 뒤섞인 시나리오 속의 자신과 열다섯 살 여자아이의 모습을 떠올렸다.

또다시 냄새가 그를 덮쳤다. 어쩌면 아이들은 무슨 공예 프로젝트처럼 버거와 너겟이 든 스티로폼 용기를 녹인 뒤 볼펜으로 톡톡 쳐서 작고 귀여운 동물 모양이나 모조 보석을 만드는지도 모른다. 아이들은 모든 것을 태웠다. 다음에는 열대식물을 태우려 할지도 모른다. 이거 진짜야, 줄리? 몰라, 불붙여봐. 진짜면 안 타겠지. 프랭크는 불길에 휩싸여 녹아내리는 맥도날드를 상상했다. 끈끈이덫에 걸린 쥐처럼 뜨겁게 녹아내린 플라스틱 웅덩이에 갇혀 도망치려 애쓰는 자신의 모습이 보였다. 성냥 냄새는 났지만 담배 냄새는 나지 않았다. 그는 플라스틱 타는 냄새를 맡으며, 쇼핑몰을 가득 채운 유독한 연기가 신경가스처럼 작용해 몇천 명이 이유도 모르고 죽어가는 광경을 떠올렸다. 사람들 지갑에 든 신용카드가 살에 영원히 눌어붙고……

프랭크는 펄쩍 뛰어 일어나 앞에 놓인 쟁반을 들고 무기처럼 휘둘렀다. 여자애들은 저만치 앞서서 나가고 있었다. 그는 그쪽 테이블을 흘긋 보았다. 쓰레기가 그대로 있었다. 그쪽으로 갔다. 스티로폼 용기가 타기는 했지만 살짝이었다. 스물다섯 개가 넘는 타버린 성냥이 케첩 웅덩이에 빠져 있었다. 그는 쓰레기를 꼼꼼히 조사해보았다. 반쯤 먹다 남긴 버거를 집어들고 두 입째 베어물다 무슨 짓을 하고 있는지 깨닫고 내려놓았다. 쓰레기 아래에 "애덤과 줄리 영언히 함께"라고 태워놓은 자국이 있었다. 아직 따뜻했다.

"맞춤법이 틀렸어." 프랭크는 소리쳤다. 크고 격렬하게 내뱉고 나서야 그 말이 무의미하다는 생각이 들었다. 그 아이들에게 맞춤법 따윈 아무 의미도 없었다. 프랭크는 쟁반을 든 채 출구로 향했다. 맥도날드 경비원이 그를 막았다.

"죄송하지만 음식은 안에서 드셔야 합니다."

프랭크는 경비원을 피해 지나가려 경비원 옆으로 고개를 내밀었다. 경비원이 따라 움직이며 그의 앞을 가로막았다.

"감자튀김이 식고 있는데요." 경비원이 말했다.

프랭크는 쟁반 내용물을 쓰레기통에 버리고 쇼핑몰 중앙으로 달려갔다. 거의 뛰듯이 걸어 들어간 곳은 마치 악몽 속 같았다. 여기저기 앉은 사람들과 장애물처럼 놓인 화분이 가득한 눈부시게 밝은 형광 튜브랄까. 그는 여자애들 뒤를 좇으며 스스로에게 물었다. 내가 뭘 좇는 거지? 지금 뭘 하는 거지?

그는 사람들과 카트 사이를 비틀거리며, 거친 숨을 몰아쉬며 쇼핑몰을 가로질러 줄리와 손톱과 티나를, 부풀린 머리와 미니스커트와 터질 듯한 쇼핑백을 찾아 헤맸다. 그 아이들을 보는 대신, 혹은 아무것도 보지 못하는 대신 그는 아이들과 똑같은, 쌍둥이 같은 여자애들 수백 명을 보았다. 거울을 둘러친 무도회장 안인 것처럼 무수한 거울상이 쇼핑몰을 빙 둘러싸고 있었다. 높이 부풀린 머리, 가느다란 다리, SF영화에 나올 법한 화장을 떡칠한 얼굴. 사방에 그런 여자애들이 있었다. 마치 꿈속 같았다. 기묘하고 불안한 요소 하나가 숨겨진 비수처럼 그를 찔러 공황상태를 일으켰다.

남자애들이다. 갑자기 여자애와 거의 같은 수의 남자애가 앞에 피 묻은 단검이 그려진 검은 티셔츠를 입고 돌아다닌다는 사실을 깨달았다. 목도, 팔도, 허벅지도 굵은 데다 살짝 균형을 잃은 채 걸어다니는 과잉발달 종족. 남자도 여자도 누군가의 거실에서 열리는 사적인 파티에라도 온 것처럼 어슬렁거렸다. 짝짓기 놀이였다. 구석으로 몰려들어 공중전화를 등지고 전화번호와 진한 입맞춤을 교환했다. 좋아하는 가게 앞 바닥에 몸을 쭉 펴고 누워 머리를 팔꿈치에 괸 채 MTV 프로그램이라도 보듯 지나가는 사람들을 구경했다.

열두 살이라고 해도 통할 법한 경비원이 핼러윈 의상을 입고 프랭크 옆을 지나갔다. 경비원은 여자애들을 보고 미소 지으며 허리에 두른 묵직한 가죽 허리띠에 양손을 얹었다. 여자애들이 얼굴을 붉혔다. 프랭크는 남자애들이 돌아가며 경찰 역을 맡는 상상을 했다. 쇼핑몰에 들어올 때 동전 던지기를 해서 이긴 녀석이(아니면 진 녀석이?) 경찰복으로 갈아입는 것이다. 프랭크는 경비원에게 총이, 진짜 총이 있다는 사실을 깨닫고 왜 핼러윈 의상을 입은 열두 살짜리가 진짜 총을 차고 있는 걸까 의아해했다.

손목시계에서 삐 소리가 났다. 트위스티 프리즈 앞에서 아내와 만나기로 한 시간에 알람을 맞춰두었던 탓이다. 그는 한 번 더 주위를 훑어보고 트위스티 프리즈 근처에 있는, 마치 공항 라운지 의자처럼 보이는 물체를 향해 걸어갔다.

앉은 지 일 분도 지나지 않아 경각심에 휩싸인 그는 다시 일어서야 했다. 그는 트위스티 프리즈에 들어가 바닐라와 초콜릿 트위스트콘 하나를 산 다음 문가에 서서 핥아먹었다.

쇼핑몰 건너편 '치지 독'에서 야구팀이 파티를 열고 있었다. 프랭크가 어렸을 때는 시합 후에 언제나 바비큐 파티를 벌였다. 공원에서 캐치볼을 하며 볼이 미어지도록 음식을 먹다 한 아이가 토하고 나면 모두 누군가의 아버지네 스테이션왜건에 올라앉아 서글픈 어둠 속에서 하나씩 집으로 돌아가곤 했다.

프랭크는 치지 독을 들여다보다 한 아이가 핫도그를 자기 가랑이 앞에 세워서 웨이트리스를 향해 흔드는 것을 보고 얼른 시선을 돌렸다.

쇼핑몰 저쪽 끝에 반짝이는 지프차가 세워져 있었다. 처음에는 말도 안 된다고 생각했지만, 더 생각해보니 완벽한 착상이라는 확신이 들었다. 아니, 지금까지 그런 생각을 한 사람이 없었다니 믿을 수가 없다. 쇼핑몰 안에서 자동차를 팔다니, 완벽하다! 남자들이 오고 또 와서 몇 시간이든 머물게 할 방법 아닌가.

그는 지프차 앞에 서서 다른 종류의 삶을, 야외형 남자가 주인공인 이야기에서 읽은 낚시여행과 숲 속 오두막의 삶을 꿈꾸었다. 아이스크림이 지프차 위에 떨어져 냅킨으로 닦았더니 후드에 끈적한 얼룩이 남았다. 그는 호숫가에 두번째 집을 사는 몽상에 잠겼다.

지프차 주위에는 경찰이 범죄 현장에 두르는 것과 비슷한 테이프가 둘려 있었다. 온통 Z-100이라고 찍힌 테이프였다.

"Z-100이 뭐니?" 그는 옆에 서 있는 아이에게 물었다.

"끝내주는 메탈 채널이에요." 아이가 말했다.

마치 무슨 암호를 말하는 것 같았다. 프랭크는 도대체 메탈 채널이 뭔지 알고 싶었다.

"Z-100이 뭐냐니까?" 그는 다시 물었다.

"라디오 채널이에요. 십오 분만 있으면 경품 행사를 한대요." 나이 많은 여자가 대답했다.

그는 지프차 주위를 빙 돌았다. 스티커가 붙어 있었다. 만 사천 육백 달러, AM/FM 라디오, 카세트덱, 녹 방지, 튼튼한 타이어, 흙받이 완비. 그는 아이스크림을 다 먹고 새로운 삶을 설계했다. 손가락으로 머리를 쓸면서 이미 살아온 삶 외에 다른 삶은 절대 불가능하다는 것을 깨달았다. 문득 화가 났다. 도대체 뭐가 들었는지 모를 커다란 쇼핑백을 들고 이 쇼핑몰 안을 돌아다니는 작자들은 다 누구란 말인가? 모두 좀도둑일 리는 없었다. 그들은 물건을 샀다. 크고 중요한 물건들을. 그 돈은 다 어디에서 났을까? 모두 백만장자일 수는 없는데.

프랭크와 지프차 주위로 인파가 몰렸다. 사람들이 지프차 주변에 뒷마당이나 수영장에 둘 법한 접이식 의자와 아이스박스를 늘어놓기 시작했다. 대회는 아직 시작하지도 않았는데 벌써 이백오십 알이 든 아스피린 병을 열어 다이어트콜라캔 옆에 놓았다.

대회, 대회에 참가하고 싶다. 프랭크는 생각했다. 만약 상품을 탄다면, 그것도 자동차처럼 큰 상품을 따낸다면 메리와 아이들이 얼마나 자랑스러워할까.

"나도 넣어줘요." 그는 심사원 모자를 쓴 사람에게 말했다.

"성함이?"

"프랭크 맨."

여자는 목록을 내려다보았다. "그런 이름은 없는데요."

"그래도 참여하고 싶어요." 그는 어린아이처럼 칭얼거렸다.

"전화로 당첨이 되셨나요?"

그는 혼란스러운 눈빛으로 여자를 보았다.

"저희가 포이즌 보이즈의 〈Roll My Wheels〉를 틀었을 때 백번째로 전화한 청취자 스무 분만 대회에 참가할 수 있어요. 댁은 아닌 것 같네요."

"그래도 뭔가 방법이 있지 않을까요."

"죄송합니다." 심사원은 그렇게 말하고 가버렸다.

프랭크가 계속 Z-100 티셔츠를 입은 사람이면 아무나 붙잡고 말을 걸자 다른 심사원이 옆으로 끌고 가 참가 자격에 대해 자세히 설명해줬다. 나중에 들어갈 방법은 전혀 없었다.

당황한 프랭크는 이 모든 상황에 짜증이 났다. 소리를 지르고 삿대질하며 사방에 대고 욕을 하다 경비원에게, 그러니까 아까 본 총을 찬 어린아이에게 붙들려 질질 끌려 나가게 될 스스로의 모습을 그려보았다.

경비원이 그를 끌고 나가면 지나가던 부풀린 머리 여자애가 이렇게 말하겠지. "한심한 찌질이."

프랭크는 지프차 맞은편 라운지 의자에 앉아 있는 줄리를 보고 그쪽으로 걸어갔다.

"너도 참가자니?"

"네. 그런데 엄마인 척해야 했어요. 스물한 살은 되어야 자동차를 탈 수 있거든요. 그래서 대회엔 엄마가 참가해요."

줄리는 다른 참가자와 라디오 방송국에서 나온 심사원이 모인 곳에 함께 있는 자기 어머니를 가리켰다.

"대회는 어떻게 진행되지?" 프랭크가 물었다.

"차에 양손을 계속 붙이고 있어야 해요. 한 시간마다 오 분씩 쉬고요. 손 외에 다른 부분이 차에 닿아선 안 되고, 원한다면 밤새 누가 옆에 있어줘도 돼요."

프랭크는 아무 생각 없이 자기가 밤새 있으면 어떻겠냐고 말했다. 새벽 세시에 복도를 배회하는 자신의 모습을 떠올리면서.

"괜찮아요. 제가 있을 거예요." 줄리가 말했다.

어리지도 않은데 여드름이 난 키 작고 못생긴 남자가 메가폰을 잡고 말하기 시작했다. 목소리가 초콜릿무스같이 깊고 부드러웠다. 디제이가 분명했다. 참가자들은 후드나 차 옆쪽 등 제일 좋은 자리라고 생각하는 곳을 향해 잰걸음으로 달려가 지프차 주위에 자리를 잡았다.

"양손 준비되셨습니까?" 디제이가 물었다.

참가자들과 같이 프랭크도 고개를 끄덕였다.

"차에 앞발을 올리세요."

대회가 시작되자 참가자들이 앞으로 밀어닥쳐 오십오 분을 버틸 자세를 잡는 통에 지프차가 살짝 흔들렸다. 아니 어쩌면 몇 센티미터 정도 공중에 떴을지도 모른다.

모여 있던 사람들은 오 분 만에 거의 다 흩어졌다. 볼거리가 없으니 당연했다.

메리가 사십오 분 늦게 트위스티 프리즈에 도착했다. 프랭크는 두번째 아이스크림으로 배를 채우고 미국적인 방식에 대한 증오로 가득 차 병적으로 우울해진 상태였다.

"다 샀어?" 메리가 물었다.

"타이어는 아직 못 샀어." 프랭크가 말했다.

"다음에 사지 뭐."

"내일 오든가."

메리는 프랭크에게 짐을 넘겼고, 그들은 원래 들어왔던 길로 다시 걸어갔다.

그들은 레코드가게 밖에서 담배를 피우는 줄리의 친구들을 지나쳤다. 메리가 걸음을 멈췄다. "담배 피우면 안 된다, 얘들아."

프랭크는 엄청나게 비대해진 느낌으로 메리 뒤에 섰다. 콜라 약간, 감자튀김 절반쯤, 한 여자애가 남긴 버거 두 입, 아이스크림 두 개. 프랭크는 어쩌자고 그렇게 먹어댔는지 믿을 수 없는 심정으로 배를 내밀고 메리 뒤에 서 있었다.

그는 메리 뒤에 서서 손가락 하나를 귓가에 대고 빙글빙글 돌렸다. 손톱과 티나는 아무런 반응도 보이지 않았다. 그는 가상 수류탄을 주머니에서 꺼내 안전핀을 뽑고 던진 다음, 귀를 막고 고개를 숙여 폭발을 피하는 척했다. 여전히 아무 반응이 없었다.

두 여자애는 그 자리에 서서 눈을 크게 뜨고 메리의 말을 들었다. 한 귀로 듣고 한 귀로 흘려버리는 데 익숙해진 모습이었다.

프랭크는 메리가 뒤로 손을 뻗어 그의 손을 잡아 끌자, 순순히 따라갔다.

"내일 다시 와야겠어." 그는 아이들이 비웃는지 보려고 고개를 외로 꼬면서 메리에게 말했다.

"난 회의가 있어. 같이 못 와." 메리는 마치 프랭크가 혼자 쇼핑몰에 가는 데 무슨 규칙이라도 있는 것처럼 말했다.

"그래서?"

"정신 똑바로 차리고 다녀."

달리 할 말이 없으면 으레 하는 말이었다.

다음 날 저녁, 프랭크는 메리가 회의에 갈 때까지 기다렸다 아이들에게 집에 있으라고 한 뒤 쇼핑몰로 출발했다. 그는 빠른 속도로 차를 몰며, 얼른 도착하지 않으면 헬륨 풍선처럼 쪼그라들기 시작해 서서히 떨어지며 내려앉다 바닥에서 몇 센티미터 떨어진 허공에서 맴돌게 되리라 상상했다. 그러다 아침이면 공기가 다 빠져 버킷시트 위에 죽어 늘어져 있겠지.

피라미드 몰은 주차 공간의 바다에 떠 있었다. 이 주차장은 토요일을 제외하곤 낮이든 밤이든 끝에서 열 칸 안에 자리를 찾아 행운이라는 기분을 느끼며 몰에 들어갈 수 있도록 한 줄에 서른 칸이 죽 펼쳐져 있었다. 이 장소에서 피라미드처럼 생긴 것이라곤 죽어가는 제라늄이 심긴 피라미드 모양 화분밖에 없었다.

그는 이곳에 온 목적에 대한 죄의식으로 시어스 근처의 좋은 자리에 차를 세웠다. 사실 이곳에 온 분명한 이유가 있다. 타이어. 그러니 다른 일을 하기 전에 곧장 시어스부터 들러야 했다. 뭐든 해놓아야 나중에 메리에게 얼마나 좋았는지 이야기할 수 있으리라.

타이어 매장에는 판매원이 없었고, 직접 판매원을 찾기에는 마음이 너무 산란했다. 프랭크는 유령 캐스퍼처럼 존재감이 없는 사람이었다. 원한다면 그런 상태에 저항해볼 수도 있었다. 에너지를 끌어모아, 색으로 치자면 자주색처럼 튈 수도 있었지만, 그 상태를 유지할 수는 없었다. 시어스 안에서 그는 존재감을 밝은 살색까지도 끌어올리지 못했다. 그럴 힘이 없었다. 그는 은행 강도나 비행기 납치 사건이 일어나더라도 인질로 잡히는 일은 거의 없으리라는 걸 절감했다.

프랭크는 타이어는 나중에 사야겠다고 마음먹으며 시어스를 나섰다. 필요하다면 그냥 판매원이 낮이고 밤이고 프랭크 같은 손님이 걸어 들어오길 기다리는 타이어점으로 가면 된다. 예기치 않은 보너스지만 그는 뭔가 집에, 메리에게 가져가 자랑할 물건을 찾아 구입하자는 새로운 목적에 떠밀려 쇼핑몰 안으로 들어갔다.

시어스 밖에는 지역 적십자에서 나온 여자 두 명이 혈압측정기가 놓인 접이식 탁자를 사이에 두고 앉아 희생자를 기다리고 있었다. 축제 분위기였다. 운동복을 입은 다이어트 전문가들이 잔뜩 있었다. '지금 금연하세요.' 거대한 콘돔같이 생긴 폐가 부풀어오르다 푹 꺼졌다. '정신 질환: 숨겨진 증상들.' 그는 별 생각 없이 목록을 훑어보았다. 나쁜 소식이었다. 자가 진단에 따르면 그에겐 '치료받지 못한 만성 장애'의 모든 징후가 있었다. 그 설명대로라면 그는 언제 터질지 모르는 시한폭탄이다. 경고도 없었다. '건강 페어 '90'은 울워스 상점 앞에서 끝났다. 사탕처럼 줄무늬가 쳐진 판지 기둥 두 개가 시작과 끝을 표시했다.

프랭크는 레코드가게 안에서 애덤을, 그러니까 바로 전날 신발 끈을 밟고 넘어졌던 소년을 발견했다. 곧장 애덤에게로 걸어가 손바닥이 얼얼하도록 세게 카운터를 쳤다.

"여, 애덤." 프랭크가 말했다.

애덤은 깜짝 놀라 혹시 이름표를 했나 보려고 자기 셔츠를 내려다보았다. 이름표는 없었다.

"애덤, 얘기 좀 해줘."

"뭘요?"

"CD에 대해 말이야. 종류가 여럿인가? 크기가 다른가? 전부 똑같은 기계로 돌아가나?"

지난 이 년 동안 프랭크는 무엇을 읽거나 볼 때마다 CD에 대한 부분이 마음에 걸리곤 했다.

애덤은 프랭크가 우주인이나 잠복 경찰이나 새로운 유의 얼간이기라도 하다는 듯 쳐다봤다. 프랭크는 그 침묵이 불편했다. 친구가 되고 싶었다.

"난 진지해, 애덤. 정말 진지해."

애덤은 계속 프랭크를 뜯어보았다. 농담을 잘못 받아들인 게 아님을 분명히 하고 싶었다.

"다 똑같아요." 애덤은 마침내, 주저하며 말했다. "플레이어를 사서 스테레오에 연결할 수도 있고, 휴대용 플레이어를 사도 되죠."

"자넨 뭘 갖고 있는데?"

"휴대용이요. 그걸 자동차 스테레오에 연결해요. 멋지죠."

"그럴 것 같군."

애덤은 여전히 무슨 일이 일어나기를 기다리는 사람처럼 프랭크를 쳐다보았다. 어쩌면 프랭크가 자기 딸이 더이상 고막이 터져라 음악을 틀어대는 애덤의 차를 타고 돌아다니지 않길 바란다고 말하러 온 누군가의 아버지일 수도 있지 않은가.

"자넨 무슨 음악을 듣지?"

"글쎄요." 애덤이 갑자기 수줍어하며 대답했다.

"흠, 자네 친구들은 무슨 음악을 듣나?"

"온갖 종류요."

"내가 CD를 사고 싶다고 하면 뭘 추천하겠나?"

"포이즌 보이즈 신보가 막 들어왔어요." 애덤이 반색하며 대답했다.

"하나 사지. 여기에서 플레이어도 파나?" 그는 애덤에게 아메리칸 익스프레스 카드를 건네며 물었다.

"위층에, 킹 핀 맞은편 와이어 위저드에서 팔아요."

애덤이 프랭크의 카드를 결제하는 사이 전날의 줄리, 티나, 손톱과 구별되지 않는 부풀린 머리 여자애가 애덤에게 다가가 그의 목을 안고 진하게 입을 맞췄다.

프랭크의 모든 신체 장기가 펄쩍 뛰어올랐다. 몸속이 부풀어올랐다. 그는 영수증에 서명하고 돌아서서 곧장 와이어 위저드를 찾아 올라갔다.

"CD플레이어가 필요한데요." 그는 판매원에게 절박하게 말했다.

"어떤 종류를 원하십니까?"

"좋은 거요. 아주 좋은 것. 스테레오나 차에 연결할 수 있어야 해요." 얼굴이 붉어지고 숨이 가빠왔다. 그는 열다섯 살짜리 몸이 지닌 산뜻함을 생각했다.

"그런 종류라면 몇 개 있습니다."

"제일 좋은 걸로 줘요. 최고를 사야 해요." 프랭크는 신이 나서 말했다.

"제일 비싼 게 꼭 제일 좋은 것은 아닙니다."

"나도 알아요." 프랭크가 말했다.

이 꼬마가 그를 어떤 사람이라 생각한 것일까? 프랭크는 손가락으로 카운터를 두드렸다.

"뭐가 있는지 줘봐요."

서둘러야 한다는 느낌이 들었다. 얼른 마무리하고 돌아가 애덤이 뭘 하는지 봐야 했다.

"이건 굉장히 좋은 모델입니다." 판매원이 상자에서 무엇인가를 꺼내며 말했다.

"잘됐군요." 프랭크는 플레이어를 보지도 않고 말했다. 그리고 카운터에 신용카드를 내려놓으며 다른 사람들도 분명 이렇게 하리라고 생각했다. 신용카드는 편리하고 자유로운 데다, 언제나 누군가가 거저 만들어주고, 또 더 만들라고 부추기는 물건 아닌가.

"들어보시겠습니까?"

"당신을 믿어요. 정말이에요." 프랭크는 상대의 눈을 0.5초쯤 들여다보고 말했다.

프랭크가 와이어 위저드에서 돌아왔을 때 애덤은 없었다. 지점장이 눈을 찡긋하며 점심 휴식이라고 말했다.

프랭크는 에스컬레이터를 타고 내려가며 와이어 위저드 쇼핑백에서 영수증을 꺼냈다. 백팔십구 달러. 믿을 수 없었다. 그는 오륙십 달러, 기껏해야 칠십오 달러 정도일 거라 생각했다. 무슨 짓을 한 건가? 메리가 뭐라고 할까? 그는 얼른 좀더 유연한 태도를 취하기로 했다. 이 정도는 해도 돼. 해도 되고말고. 난 그럴 자격이 있어. 그는 메리에게 말하지 않을 작정이었다. 집에 가져갈 만한 물건은 따로 찾자. 뭔가 작은 것으로, 선물처럼, 메리를 위한 특별한 물건을.

에스컬레이터에서 그는 지프차를 둘러싼 사람들을 보았다. 남은 참가자 수를 세어보았다. 어제보다 열한 명이 적었다. 프랭크 앞에 선 여자의 말을 들어보니, 그 사람들은 손을 들고 나가게 해달라고 한 모양이었다. 한 여자는 특별한 이유 없이 토하기 시작해 응급차에 실려갔다고 한다.

"좀 어때요?" 그는 줄리의 어머니에게 물었다.

그녀는 미소 짓고 고개를 끄덕이며 말했다.

"아직은 괜찮아요. 내일이면 제법 힘들어지겠죠."

"저도 내일 오겠습니다." 프랭크가 말했다.

"저도 있을 거예요."

프랭크는 자신의 존재가 대회에 영향을 미친다고 느꼈다. 참가자를 바라보는 방식에 따라 계속 버틸 힘을 주기도 하고 그 자리에서 무너지게 할 수도 있다는 생각이 들었다. 강력하고 필요한 존재가 된 기분이었다.

참가자는 아홉 명으로 줄었다. 다들 여기서 그만하자고 말하고 싶은 표정이었다. 라운지 의자와 아이스박스들 사이에 온갖 종류의 먹다 만 패스트푸드가 널려 있었다. 쇼핑몰에서 살 수 있는 모든 포장음식에 딩동 초콜릿케이크와 크림소다 같은 특별 요청품까지. 프랭크는 아무도 영양을 생각하지 않는다는 사실에 놀랐다. 오 분의 휴식시간 동안 제대로 먹는다면 상황이 전혀 달라질 수도 있다는 생각을 아무도 하지 않는 모양이었다. 타이거밀크 바*도, 파스타 샐러드 그릇도, 심지어 게토레이조차 없었다. 이 사람들은 도대체 정체가 뭘까? 프랭크는 알고 싶었다. 정말 알고 싶었다. 그는 휴식시간에 참가자들에게 다가가 제랄도 리베라**처럼 인터뷰를 하는 상상을 했다. 그렇게 자동차를 만지고 있으면 어떤 느낌이 드는지, 왜 쉬는 시간에 눕지 않고 서서 전화를 하는지 묻는 것이다. 그는 왜 아무도 압박 스타킹을 신지 않았는지, 왜 전원을 연결한 찜질기를 이용하지 않는지 알고 싶었다.

프랭크가 어떻게 하면 공식 상담역이 될 수 있을까 생각하며 서 있는데, 바로 앞에 있던 젊은 여자가 탈락했다. 무릎이 꺾이면서 엉덩이가 차에 부딪힌 것이다.

"실격입니다." 심사원이 야구 심판처럼 외쳤다.

여자는 완전히 넋이 나간 얼굴로 차에서 물러섰다. 프랭크는 후드에 찍힌 그 여자의 땀에 젖은 손자국을 보았다. 그리고 여자를 보는 대신 다른 참가자들을 둘러보았다. 참가자들은 서로를 평가

---

* 영양 성분을 적절히 배합한 에너지 보충 간식.

** 미국의 유명한 종군기자 출신 언론인.

하고 확인하며 누가 먼저 쓰러질지 말없이 내기를 걸었다.

프랭크는 쇼핑몰이 문을 닫을 때까지 남아 있었다. 상점 불빛이 깜박이며 손님들에게 이제 곧 닫는다고 경고했다. 직원들이 금속 보안문을 내리고 열쇠를 만지작거리기 시작했다. 프랭크는 밤새 잠긴 문 안에 남아 있을 사람들을 생각했다. 시어스 쪽으로 걸어가면서 고개를 돌려 마지막으로 참가자들을 보았다. 열한시 휴식 시간에 모든 참가자들이 파자마로 갈아입는 모습을 상상했다. 그는 남은 참가자 여덟 명에게 속으로 작별 인사를 보내고, 문 닫기 직전에 가까스로 시어스를 통과해 밖으로 나갔다. 메리에게 가져갈 물건이 없었다.

그는 집에 가는 길에 24시간 슈퍼 파머시에 들러 메리에게 줄 휴대용 진공청소기를 샀다. 집 앞에 차를 세운 그는 와이어 위저드 쇼핑백과 레코드가게에서 산 꾸러미를 시트 밑에 밀어넣었다.

그날 밤 잠을 청하면서 프랭크는 이제까지 저녁 뉴스에서 보았던 미치광이 경쟁들을 떠올렸다. 특히 전국 방송으로 본, 세 사람이 공중 간판에 앉아 몇 주를 보내던 콘테스트를. 프랭크는 가슴이 부풀었다. 피라미드 몰은 그의 것이었다. 그는 처음부터 그곳에 있었다. 마지막에 누가 그 차를 타고 가든, 그 자동차의 일부는 프랭크에게 속해 있었다.

다음 날, 그는 과잉 개발한 산업단지에 자리한 비좁은 사무실에서 피라미드 몰로 전화해 새로운 소식을 묻고 싶은 충동과 싸워야 했다. 일이 끝나고 회계를 다 맞춘 다음 서둘러 집에 가보니 이웃집 남자가, 그러니까 줄리의 아버지가 식탁 앞에 앉아 저녁식사를 기다리고 있었다.

"가족들이 모조리 그놈의 쇼핑몰에서 살지 뭡니까." 그는 닭다리를 뜯으며 말했다.

프랭크는 대꾸하지 않았다. 그는 줄리의 아버지가 집에 갈 때까지 기다렸다 메리에게 나간다고 말했다.

"타이어를 보러 가야 해."

"어젯밤에 산 줄 알았는데?"

"필요한 걸 못 구했어. 다시 가서 찾아봐야 해."

그는 가는 길에 스포츠용품점에 들렀다. 야구 장갑을 끼고 주먹으로 장갑을 몇 번 때려보았다. 야구 장갑이 그를 치유해주리라 생각하면서. 그런 게 필요한지도 몰랐다. 이틀 전에 치지 독에서 본 광경은 예외지만, 야구 장갑을 보면 인생에서 더 좋은 일들이 떠올랐다. 아들이 학교에 가져갔다 잃어버리기 전까지는 그에게도 야구 장갑이 있었다.

프랭크는 왼손에 낀 장갑을 폈다 구부렸다 하며 자유로운 손으로 선반에 놓인 방망이를 끌어내려 이리저리 돌려보고, 어색하게 허공에 슬쩍 던졌다 받기도 했다.

야구 장갑은 오십육 달러였다. 살 수 없었다. 어젯밤에 벌써 한 짓이 있었다. 방법이 없었다. 그는 장갑을 빼 쌓여 있는 야구 장갑 위에 가만히 내려놓았다. 그의 꿈을 위한 자리를 남기고자 뒤쪽에 숨기듯이.

쇼핑몰 한가운데에서, 주행로라고 생각하게 된 통로 한복판에서 손톱과 티나를 보았다. 프랭크는 어깨를 펴고 자신은 어른이고 상대는 아이들이라는 사실을 다시 떠올렸다. 티나는 그 앞에 서서 일부러 외설스럽게 아이스크림콘을 핥았다.

"어, 안녕하세요." 티나는 갑자기 그를 본 척했다.

순간 거의 죽는 줄 알았다. 그의 나이에 심장마비로 끝난 남자가 한둘이 아니었다.

"음, 가야겠다." 티나는 한참 만에, 아이스크림콘을 다 먹고 입술에 초콜릿을 묻힌 채 말했다.

대회는 예순일곱 시간째에 접어들었다. 프랭크는 이 대회가 끝나면 모든 것이 더 나아질 거라고 스스로를 타일렀다. 아니, 이미 나아졌어.

이제 남은 참가자는 줄리의 어머니와 그보다 열 살은 젊은 남자뿐이었다. 남자는 여자친구가 손수 만든 '내 차에서 손 떼시지' 티셔츠를 입었다.

줄리의 어머니는 신발을 벗고, 무릎길이 스타킹을 발목까지 내렸다. 자줏빛으로 부어오른 발목이 스타킹 위로 불룩하게 튀어나왔다. 그녀는 계속 이쪽에서 저쪽으로, 이 발에서 저 발로 무게중심을 옮겼다. 진짜 야생 너구리보다 더 너구리 같은 얼굴이었다. 피부는 창백했고, 눈은 움푹 꺼졌다. 눈 주위는 목탄 칠이라도 한 것처럼 새까맸다.

이제 됐어! 프랭크는 소리 지르고 싶었다. 그만해. 저 여자에게 차를 줘. 그럴 자격이 있잖아.

스무 명에서 서른 명 정도 되는 사람들이 줄리의 어머니와 젊은 남자 주위를 에워싸고 두 사람을 전시물처럼, 〈살아 있는 시체들의 밤〉*에 나오는 인물들의 견본처럼, 너무 오래 실내에만 있으면 생기는 지독한 부작용의 완벽한 예라는 듯 쳐다보았다.

프랭크는 점점 그 광경이 보기 싫어졌다. 현기증이 났다. 사람을 쓰레기처리기처럼 빨아들일 수 있는 위험한 현기증이었다. 듣고, 보고, 먹어야 할 것이 너무 많았다. 프랭크는 그래서 아이들이 암덩어리처럼 바닥에 누워 있는 거라고 확신했다.

더이상 지속될 수는 없었다. 그럴 수는 없었다.

프랭크는 마지막 두 참가자를 보다 눈을 돌렸다. 그들은 비참하게 축 늘어진 모습으로, 산 제물처럼 자기 몸을 소비에 바치고 있었다. 눈을 돌리는 것만으론 충분하지 않았다. 그 자리를 떠야 했다. 돌아서서 집으로 가려는 순간, 흡착기를 떼어낼 때와 같은 뺑 소리가 들렸다. 그는 차 쪽으로 돌아섰다. 그 둔탁한 소리는 줄리의 어머니가 후드에서 손을 떼면서 난 소리였다. 그녀는 양손을 허공으로, 머리 위로 올리고서도 아직 차 위에 손이 있다는 듯 눈을 내리깔고 이 발에서 저 발로 무게중심을 옮겼다.

"엄마, 손, 손!" 줄리가 빽 소리를 질렀다.

다른 참가자는 그 자리에 못 박혀 움푹 팬 자국이 남을 정도로 세게 후드를 눌렀다.

심사원들은 줄리의 어머니 곁으로 다가가 양손을 끌어내렸다. 그녀의 양팔은 스프링이 나간 레버 같았다.

그녀가 고개를 들고 말했다. "뭐예요?"

---

* 1968년에 제작된 조지 로메로 감독의 유명한 좀비 영화.

줄리가 달려들어 어머니를 붙잡고 흔들기 시작했다. "멍청이 엄마, 대회에 졌잖아. 우승이 코앞이었는데 졌다구."

프랭크는 줄리가 미웠다. 어떻게 저럴 수 있단 말인가. 끔찍한 아이였다.

반대편에서는 이 사람 저 사람이 심폐소생이나 응급처치라도 하듯 티셔츠 입은 남자의 등을 두드렸다.

프랭크 옆에 선 남자가 라디오 주파수를 Z-100에 맞췄다.

"드디어 피라미드 몰에 우승자가 나왔습니다." 디제이가 말했다. "생방송으로 연결해보죠."

프랭크는 라디오로 우승한 남자가 부모와 여자친구에게 고맙다고 말하는 소리를 들었다. 하지만 이상하게도 프랭크가 지금 보고 있는 그 남자는 아무 말도 하고 있지 않았다. 남자는 그저 멍하니 서 있었다. 어디에도 마이크는 보이지 않았다. 프랭크는 라디오에서 흘러나오는 온갖 비명과 고함 소리와 "이 친구 진짜 사람 좋거든요" "다들 존의 친구예요"라고 말하는 소리를 들었다. 그러나 쇼핑몰 안은 줄리가 어머니에게 지르는 소리를 빼면 고요했다.

심사원 한 명이 줄리의 어머니에게 봉투를 건넸다.

프랭크는 책임자인 듯한 사람에게 그 봉투가 무엇인지 물었다.

"2등상입니다. 이백오십 달러예요."

"이백오십 달러. 그것밖에 못 받아요? 저 남자는 자동차를 얻는데 저 여자는 겨우 이백오십 달러라니, 믿을 수가 없군. 당신들 정말 믿을 수가 없어. 예순일곱 시간하고도 사십팔 분을 내내 서 있었는데 아무것도 안 주다니."

프랭크가 말하는 동안 사람들은 바닥만 바라봤다.

욕지기가 나왔다. 속이 메스꺼웠다. 토사물과 분노와 패스트푸드가 치솟았다. 그는 라디오 방송국에서 나온 여자를 쳐다보았다. 여자는 어깨만 으쓱였다. 어깨를 움츠린 모습이 중증 지진아 같았다. 프랭크는 여자를 때리지 않기 위해, 여자에게 책임을 지우지 않기 위해 달렸다. 긴 쇼핑몰을 내달렸다가 되돌아왔다. 그렇게 세 번을 왕복한 뒤 스포츠용품점에 멈춰 섰다.

프랭크는 스포츠용품점에 뛰어 들어가 숨겨두었던 야구 장갑을 낚아채 손에 끼고 팔을 머리 위로 치켜올리며 외쳤다. "내 거다. 이건 내 거야. 내가 가져간다. 내 장갑이라고."

아무 답이 없자 그는 계속 소리를 지르고 팔과 야구 장갑을 흔들며 가게 안을 질주했다. 가게 안을 질주해 문밖으로 나가 쇼핑몰 한가운데로 갔다. 어느 순간 누군가가 쫓아온다는 것을 깨달았지만, 아무래도 좋았다. 보안문을 통과하자 경보가 울렸고, 그는 저물 녘 주차장 끝에 도달했다. 땅과 하늘은 똑같이 짙푸른 색이었다.

"멈춰요!" 경비원 복장을 한 아이가 갈라진 목소리로 외쳤다. "제발 그 자리에 멈춰. 멈추라고. 꼼짝 말란 말이야."

경비원은 소리 지를 때마다 점점 강압적이 되어갔다. 그때마다 프랭크는 더 격분했다. 그는 불안정하게 갈지자로 걸었다. 뒤쪽 허공에서 총소리가 울렸다.

"꼼짝 마."

프랭크는 반대쪽 주차장 끄트머리에 섰다. 앞에 쓰레기 더미가 쌓여 있었다. 그는 휙 돌아서서 포수처럼 몸을 웅크렸다. 야구 장갑을 얼굴 앞에 들어올리고 두번째 총알을 받았다.

충격이 그를 강타했다. 그는 앞뒤로, 발꿈치에서 발가락으로 기우뚱거리다 벌레처럼 다리를 들어올린 채 뒤로 자빠졌다.

전화벨이 계속 울리는 것처럼 귓가에 웅웅대는 소리가 들렸다.

프랭크는 주차장에 누워 있었다. 그의 머리 주위로 지나가는 쇼핑 카트는 없었다. 아무도 가까이 오지 않았다. 야구 장갑은 그대로였고, 쇼핑몰 옆에 모여든 사람들은 그가 꼬챙이에 꿰였다고, 장갑과 한데 꿰매여버렸다고 생각했다. 표정도 고정되고 손도 영원히 그 자세인 싸구려 인형처럼 말이다.

사이렌 소리가 들리기까지 영원이 흐른 것 같았다. 빨갛고 하얀 경광등 빛이 황혼의 빛을 빨아들여 훨씬 늦은 시각처럼 느껴졌다. 구급대원이 뛰어내리더니 프랭크의 경정맥에 손가락을 댔다.

"살아 있어요." 구급대원의 외침에 모여든 사람들이 앞으로 고개를 내밀었다.

"이 사람이 누군지 아시는 분?" 구급대원이 물었다. "이름 아는 분 없어요?"

"우리 집 맞은편에 살아요." 줄리가 말했다.

프랭크는 야구 장갑을 낀 채 의식을 잃었다. 시끄러운 경찰 무선이 그를 깨웠다.

"여기 총알 캐처가 한 명 있습니다. 무슨 물건인지 가지고 도망치려는 걸 경비원이 쐈어요."

난 아무것도 가지고 도망치려 하지 않았어. 프랭크는 생각하다 다시금 흐릿한 잠에 빠져들었다.

그들은 프랭크의 몸 아래에 판자 같은 것을 밀어넣었다. 그는 몸속이 짓눌려 터질 것 같은 강한 압력을 느꼈다. 꽉 눌려 죽을 것만 같았다. 어쩌면 그를 증기 롤러로 눌러 주차장 가장자리에 까는 새 아스팔트에 밀어넣고 있는지도 모른다.

그는 자동차를 어디에 세웠는지 기억을 더듬었다. CD플레이어는 아직도 시트 밑에 있었다. 아무도 그것을 찾지 못했으면 좋겠는데. 메리는 그가 타이어를 갈지 않았다고 짜증을 내겠지. '정신 좀 차리고 다니라니까' 라면서.

구급대원은 그의 얼굴을 건드리지도, 야구 장갑을 벗기려 하지도 않았다. 그런 시술은 의사의 몫이다. 구급대원이 모든 상처 부위에 두꺼운 거즈를 대고 나자 하늘이 깜깜해졌다. 밤이 오자 쇼핑몰은 문을 닫았다. 모여들었던 사람들도 사라졌다. 차는 하나씩 하나씩, 거대한 뱀처럼 줄지어 고속도로로 나갔다. 구급대원은 프랭크를 물놀이용 튜브처럼 허공에 띄우고 바퀴를 굴려 텅 빈 주차장을 조용히 행진했다.

그럼 이만

Yours Truly

나는 리넨장* 안에 숨어 나에게 편지를 쓴다. 이곳은 내가 있는 줄 아무도 모르는 장소, 다른 사람들은 무슨 생각을 할까 생각하지 않고 생각을 할 수 있는, 그렇지 않다 해도 어쨌든 조용하기는 한 장소다. 누굴 겁주려는 건 아니지만, 이런 식으로 계속해나갈 수는 없다.

어제까지만 해도 나는 거실에서 엄마가 토요일 오전마다 만나는 비만클럽 회원들과 이야기를 나누곤 했다. 나는 이렇게 말하곤 했다. "안녕하세요. 드레스 진짜 멋져요. 다홍색은 정말 좋은 색이에요. 엉덩이를 감춰주잖아요. 신발도 멋진걸요. 나라면 분홍색과 녹색을 그렇게 같이 쓸 생각은 못했을 텐데." 나는 괜찮은 척할 수 있었다. 그러나 바로 그게 문제다.

---

* 수건이나 시트 등을 보관하는 장.

이곳에서 수건과 시트와 찜질기 사이에 묻혀 있다보면 모든 것이 쿵작쿵작 돌아가지 않는다는 점이 분명해진다. 나는 이티비티 북라이트를 갖고 들어왔고, 지금 그 빛에 의지해 글을 쓰고 있다.

오늘은 오데사가 있는 날이다. 언제 오데사가 손잡이를 돌려 햇빛이라는 탈을 쓴 세상이 쏟아져 들어오게 할지 모른다. 그러고서도 오데사는 결코 무슨 짓을 했는지 모를 것이다. 문을 열고 눈을 크게 뜨겠지. 나를 보고 말하겠지. "세상에, 심장 멎는 줄 알았네." 난 생각하겠지. 그래, 나 때문에 심장이 멎을 수도 있겠지, 그렇지만 나도 심장이 멎을 상황인데 같은 자리 같은 시간에 두 사람이나 그럴 공간은 없어. 오데사는 내 얼굴을 볼 테고 나는 바닥으로 시선을 돌려야 할 것이다. 오데사는 누가 나를 똑바로 본다는 것, 내가 마주 보길 기대한다는 것이 내 눈에 날카로운 통증을 일으키고 그 통증이 두개골로 튀었다가 끝내는 온몸의 뼈를 뒤흔든다는 점을 알지 못한다. 그녀는 내가 수건 외에 다른 물건을 보면 감정이 북받친다는 사실을 알지 못한다. 다른 사람을 보면 눈물이 난다는 것, 그 사람을 안고 싶은 동시에 그에게 안기고 싶으며 그후에는 죽여버리고 싶어한다는 것을 알지 못한다. 그녀는 내가 위험한 사람이라는 사실을 모른다.

오데사는 문을 열고 작은 불빛을 중간 선반에 끼우고 서 있는 내 모습을 보겠지. 여분의 담요 위에 놓인 공책과, 목욕 수건과 터키 타월 사이에 꽂힌 여분의 연필 두 자루도. 이 모든 것을 보고 그녀는 물어보겠지. "괜찮아?" 나는 대답할 수 없을 것이다. 내가 왜 작은 마을 하나가 해변에 가서 쓰고도 남을 만큼 많은 수건이

들어찬 장 안에 서 있는지 말할 수 없다. 나는 괜찮지 않다고 말하지 않을 것이다. 맙소사, 난 괜찮지 않다. 그저 다른 아이들이 커닝하지 못하게 시험지를 감싸 안은 어린아이처럼 공책을 팔로 안고 서 있을 것이다.

오데사가 말을 걸겠지. "음, 침대 시트를 빨아야 하는데." 나는 살짝 비켜줄 것이다. 오데사가 트윈과 퀸 사이즈 시트를 꺼낼 수 있게 왼쪽으로 비켜서야지. 오데사를 위해서라면 기꺼이 움직이리라. 한쪽 발 위에 다른 발을 겹칠 수도 있다. 복도의 회색 카펫을 밟아야 하지만 않는다면 오데사가 요구하는 일은 무엇이든 하리라. 나갈 수는 없다. 준비가 안 됐다. 저 밖에 너무 일찍 발을 디디면 모든 것을 잃으리라.

오데사는 가끔 묻는다. "침대에 무슨 시트를 깔았으면 좋겠니?" 그녀는 내가 이런 문제에 까다롭다는 사실을 안다. 자기가 고른 색깔 조합과 땡땡이와 줄무늬가 내 잠을 방해한다는 사실을 안다. 때로 나는 한밤중에 일어나 침대 시트를 걷어내 복도에 던져놓고 다시 잠들기도 한다. 오데사가 어떤 시트가 좋으냐고 물으면 나는 새하얀 시트를, 다른 것보다 더 밝고 깨끗해 보이는 시트를 가리킬 것이다. 오데사가 손을 뻗어 시트를 잡으면, 나는 그 시트가 오데사의 손에 들려 밖으로 나가기 전에 얼굴을 대고 누를 것이다. 시트 더미에, 그 밑에 있는 오데사의 손에 내 얼굴을 대고 누를 것이다. 내 볼에는 그녀의 피부와 손가락은 느껴지지 않고 서늘하고 깨끗한 천만 느껴지겠지. 나는 시트를 폐 속으로 끌어들이듯, 리넨을 내 안에 잡아두려는 듯 숨을 들이마신다. 숨을 들이마시고 고개를 든다. 오데사는 장에서 손을 빼내며 물어볼 것이다. "문을 닫았으면 좋겠어?" 나는 고개를 끄덕인다. 그리고 고개를 돌려 심호흡을 하며 마음을 진정시킨다. 오데사가 문을 닫는다.

나는 리넨장 안에 숨어 나에게 편지를 쓴다. 복잡해져간다. 오데사는 내가 여기 있다는 것을 안다. 알지만 아무에게도 말하지 않을 것이다. 거실로 달려가 "조디가 리넨장 안에 틀어박혀 나오지 않아요"라고 외치지 않을 것이다.

오데사는 밖으로 나가 우리 아빠를 찾지 않을 것이다. 집 뒤 언덕에서 잡초를 뽑는 아빠를 찾지 않을 것이다. 아빠에게 "조디가 종이와 연필, 크리스마스 선물로 주셨던 작은 전등을 가지고 장에 들어가 있어요"라고 말하지 않을 것이다. 아무 말도 하지 않을 것이다. 오데사는 때로는 일이 이렇게 돌아간다는 것을 이해한다. 그녀는 모든 침대의 시트를 갈고, 비만클럽 아줌마들에게 코티지치즈와 멜론을 내놓고, 아래층 욕실로 내려가 그곳에 둔 조니워커 위스키를 몇 모금 마실 것이다.

나는 삶을 유예하고 장 안에 숨어 있다. 나는 숨어 있고, 죽도록 겁이 난다. 명료해지고 싶다. 나 자신을 또렷하게, 환각이나 죽기 직전 주마등이나 코닥 컬러사진처럼 자세히 보고 싶다. 나는 내가 살았는지 죽었는지 알아야 한다.

나는 리넨장 안에 숨어 있고, 나에게 나를 소개하고 싶다. 나는 내 눈에 보이는 내 모습을 좋아해야 한다. 내가 정말로 스스로 느끼는 만큼 끔찍하다면, 내 몸을 자연발화해 진공청소기로 치워버릴 수 있게 작은 잿더미만 남길 테다. 미안한 마음이 넘쳐흐르는 편지만 남기고 순식간에 폭발해버릴 테다.

벽을 통해 비만클럽 아줌마들이 웃는 소리가 들린다. 왁자지껄 떠드는 소리와 딸랑이는 듯한 개개인의 목소리가 들린다. 마치 나에게 귀가 둘 이상 달린 것 같다. 각각의 목소리는 각기 다른 위치로 들어와 각기 다른 효과를 일으킨다.

나는 그 소리들을 듣다가 그들이 나를 비웃고 있음을 깨닫는다. 그들은 내가 더는 괜찮은 척할 수 없다는 사실을 축하하고 있다. 눈에 눈물이 고인다. 나는 고맙다고, 잘 있으라고 말한다. 그리고 그 말을 적는다. 밖으로 나가 엄마가 『날씬해지는 다이어트 음식』에서 눈을 들어 "응?" 이라고 말할 때까지 식탁 옆에 서 있을 수 없기 때문이다.

나는 떠난다고 말할 수 없다. 엄마가 "언제 돌아오니?"라고 물어볼 테니까.

엄마는 책장을 넘기며 메뉴를 훑어보고, 몇 온스나 먹어도 되는지 확인할 것이다. 내가 사실대로 말하면, 영영 돌아오지 않는다고 말하면 엄마는 독서용 안경 너머로 평소보다 높게 나를 올려다보며 말할 것이다. "코미디언이 따로 없구나. 조니 카슨이 널 특별 출연시켜줄지도 모르겠다. 언제 돌아온다고?"

내가 대답 없이 가버리면 다른 아줌마들은 내 뒷모습을 지켜볼 것이다. 그러다 자기네 목소리를 들을 수 없는 곳까지 갔다 싶으면, 부엌문을 넘어서면 모임을 중단하고 자기 아이들 얘기를 꺼낼 것이다.

자기들은 언제나 훌륭한 부모였다고 말하겠지. 아이들에게 모든 걸 줬는데도 고마워하는 법이 없다고, 다들 자라서 자기들과 똑같은 자식을 둬봐야 한다고 말하겠지. 아이들이 얼마나 부모를 싫어하는지, 그래서 그들도 자식이 얼마나 미운지에 대해 생각할 거다. 그들은 자식에게 무엇을 잘못했는지 알지 못하니까.

"엄마랑은 상관없어요." 나는 말해야 할 것이다. "내가 문제예요, 내가. 다 내 탓이에요. 엄마를 탓하려는 게 아니에요."

그러면 엄마들은 말하겠지. "어쩜 그렇게 이기적이니."

나는 여기 리넨장 안에서 일종의 대청소를 감행한다. 사방에 대고 고백을 하는데 오데사가 문을 두드린다. 두드린 뒤에 문을 연다. 샌드위치 한 접시와 우유잔을 들고 있다. 우유와 샌드위치를 같이 내놓는 사람은 오데사뿐이다. 엄마라면 레몬즙을 넣은 탭*을 주겠지. 아빠라면 시럽을 약간 넣은 클럽소다 같은 걸 줄 테고. 아빠는 단풍나무시럽을 넣고는 오후 내내 개발한 새로운 음료라고, 다른 클럽소다보다 훨씬 맛있다고 말하곤 한다. 화학 성분이나 카페인이 없고 설탕이 적게 들어간 음료라면서. 샌드위치와 우유잔을 갖다주는 오데사를 보니 무슨 텔레비전 광고 같다. 빵은 하얗고, 샌드위치는 완벽하게 절반으로 잘려 있다. 하얀 빵에는 손가락 자국이 전혀 없다. 오데사가 빵을 자를 때 손가락을 댔다는 흔적이 보이지 않는다. 우유잔은 딱 3센티만 남기고 차 있다. 그 3센

* 코카콜라에서 내놓은 다이어트 음료.

티에도 아무런 자국이 없다. 작은 거품을 얹은 우유는 하얗고 진해 보인다. 시원하고 상쾌해 보인다.

오데사는 나에게 접시를 건넨다. 나는 잠시 그녀를 쳐다본다. 그녀는 완벽하다. 나는 입술 위에 하얀 수염이 생길 것을 알면서 우유를 마신다. 오데사를 보고 "사랑해"라고 말하고 싶다. 어느 누구도 나에게 우유를 가져다주지 않는다고 말하고 싶다. 전부 다 말하고 싶다. 그러나 오데사가 먼저 입을 연다. "장 안에 접시 놓아두지 마. 너희 엄마가 그걸 보고 내가 정신이 나갔다고 생각할지도 모르니까, 그건 싫거든. 여기 벌레가 꼬이는 것도 싫고. 접시는 갖고 나와서 식기세척기에 넣어. 하루 종일 거기 있다간 얼굴색 나빠진다." 내가 고개를 끄덕이자 그녀는 문을 닫는다.

나는 숨어서 크림치즈와 오이가 든 샌드위치를 먹으며 내 머릿속을 조사한다. 나는 내 영혼 곁에 있고 점점 걱정이 된다. 자신을 지나치게 싫어하지 않으려고, 내 몸과 마음과 생각을 싫어하지 않으려고 노력한다. 나는 리넨장에 숨어 성전환을 한다. 이 안에서 떠올렸다가 지운 생각들을 공책에 쓴다. 근친상간처럼 허용해서는 안 될 것 같은 생각들이다.

나는 진정으로 나인 부분, 보석처럼 내 목에 걸고 싶은 부분을 찾으려 한다. 발. 나는 내 발을 사랑한다. 어딘가 다른 나라에서 혹은 뭔가 다른 방법으로 나를 대표하는 어떤 부분을 보내야 한다면 내 발을 잘라내 하얀 명주에 싸서 수놓은 비단 쿠션에 놓아 보낼 것이다. 내 발을 보낼 것이다. 그것이 나이기 때문이다. 내가 받아들이는 나 이상으로 나답기 때문이다. 손이나 눈, 입 같은 부분도 괜찮지만 몇 달이 지나면 그런 부분에선 진실이 보이지 않을지도 모른다. 몇 년이 지나서 보면 다른 사람이 생각날지도 모른다. 그러나 발은 내 것, 온전히 내 것, 진실한 무엇이다. 내 발에는 착각이 있을 수 없다. 나는 내 발을 본다. 양말을 벗자 발이 내 이름을 부르짖는다.

내 발을 통해 내가 스스로를 얼마나 잘 아는지 몇 시간이고 계속 시연할 수도 있지만, 그러지는 않겠다. 그건 민망한 일이다. 발, 내 발, 리본을 묶어 목에 걸고 싶은 발은 뒤틀리고 갇힌 우아함의 예시다. 형태는 기능을 따른다는 격언에 딱 맞는 뼈와 살덩어리다. 내가 불구자가 아니라는 사실이 경이롭다.

나는 리넨장 안에 숨어 독립선언문을 쓴다. 나는 리넨장 안에 있지만, 최악의 순간은 끝났다. 희망이 있다, 내 발 안에 갇힌. 내 영혼에 가능성이 있다. 나는 스스로를 바라보고 서서히 사랑에 빠진다. 영원히 살기 위해 무엇이 필요한지 깨달았다. 나는 사랑에 빠졌고, 자유롭다.

문을 벌컥 열고 점점 고조되는 오케스트라 음악을 듣고 싶다. 비만클럽 아줌마들에게 달려가 외치고 싶다. "삶은 계속될 수 있어요. 난 사랑에 빠졌어요."

나는 거실 소파 앞에 설 테다. 바이올린이 최고조에 이르는 순간, 양팔을 활짝 벌릴 테다. 물론 땀을 흘리고 벌벌 떨면서 불안하게 서 있겠지. 내 훌륭한, 사랑스러운, 사랑할 수밖에 없는 발을 딛고서. 내 선언이 끝나면 엄마가 떨어뜨린 안경이 목에 걸린 줄에 매달려 달랑거리겠지.

"예술가 아가씨, 배우가 되지 그러니?"

뚱뚱한 아줌마들은 서로를 바라보겠지. 나를 보고는 다른 사랑 고백을 생각하겠지. 나를 쳐다보다 한 아줌마가 물을 거다. "그 행운의 남자는 누구니?"

이름을, 기왕이면 딱 맞는 이름을 기다리는 동안 정적이 깔릴 것이다. 만약 남자가 아니라고 말하면 정적은 더 심해지고, 그들은 최악이라 생각하는 상황을 기대할 것이다. 우리 엄마 말고는 아무도 이 말을 꺼낼 용기가 없을 것이다. "그럼 여자?"

나는 그런 게 아니라고 말해야만 하겠지. 한 아줌마가, 다른 아줌마들 생각에 별로 똑똑하지 않은 아줌마가 물어보겠지. "그럼 어떤 건데?"

나는 미소 짓고, 오케스트라는 더욱 고조되고, 나는 현대적이고 퍼팅그린의 잔디와 비슷한 듯도 한 녹색 소파에 앉은 네 여자를 바라볼 것이다.

"삶 자체와 사랑에 빠지는 거랑 비슷해요." 나는 말하리라.

엄마는 방 안을 둘러볼 것이다. 나만 빼고 사방을 볼 것이다.

"너 괜찮니?" 내가 숨을 고르면 엄마는 묻겠지. "얼굴이 좀 붉어진 것 같은데." 나는 노래하고 춤출 것이다.

"괜찮아요. 아주 좋아요, 그 어느 때보다도. 난 사랑에 빠졌어요."

나는 노래할 것이고, 마지막 소절에 이르러 심벌즈가 울리면 그 소리가 잠시 허공에 맴돌 것이다. 그러고 나면 나는 운두 높은 모자와 지팡이를 휘두르며 춤을 출 것이다. 춤을 추며 복도를 지나 아빠가 있는 방으로 갈 것이다.

나는 가족실에서 테니스 중계를 보는 아빠를 찾아내고 싶다. 한창 시합에 빠져 있는 아빠를 찾아내 휴식시간까지 기다릴 수가 없다고 말하고 싶다. 아빠에게 말하고 싶다. "삶은 계속되어야 해요."

아빠는 매치포인트라고 말하겠지. 내내 그 말을 해주려 했다고 하겠지.

"하지만 그게 정말로 무슨 뜻인지는 왜 말해주지 않으셨어요?"

"뻔해 보였거든."

그러면 나는 말하리라. "난 사랑에 빠졌어요." 잠시 정적이 흐르고, 테니스 경기에서 누군가 1점을 얻을 것이다. 내 발은 마룻바닥 위에서 짤깍거릴 테고, 아빠는 말할 것이다. "그래, 몹시 행복한 것 같구나. 평소의 너 같지가 않아."

"그 어느 때보다도 나다워요."

나는 오데사를 찾고 싶다. "삶은 계속될 거야." 오데사에게 말하자. "난 사랑에 빠졌어." 나는 오데사의 손을 잡고 오락실을 빙빙 돌며 춤을 출 것이다. 현기증이 날 때까지 추다 오데사가 묻겠지. "괜찮아?"

나는 "으으으음 으으음"이라고 중얼거릴 수밖에 없을 것이다. 웃음이 시멘트처럼 굳어버릴 테니까. 나는 리넨장에 숨어 나에게 연애편지를 쓴다.

밤의 에스더

E s t h e r   i n   t h e   N i g h t

무엇인가 끔찍한 일이 일어난다 해도 내 잘못은 아닐 것이다. 지금은 한밤중, 나는 집 안을 돌아다니며 모든 게 무사 평온한지 확인한다. 도통 잠을 이루지 못하는 나는 온도계와 문과 화재감지기를 점검한다.

도둑이 든다면 어떨까. 도둑은 아마 현관으로 올라와 손잡이를 돌리고 집으로 들어와서 물건을 챙기겠지. 텔레비전, VCR, 은식기, 내 패물…… 수년간 모아온, 결혼의 상징으로 모은, 때로는 그것 자체가 결혼처럼 보이기도 하는 보석. 나는 패물을 싸는 도둑을 도울 것이다. 도둑이 나를 나로 만들어주는 물건을 가져가주면 나도 내가 아닌 다른 사람이 될 수 있을지도 모른다.

도둑은 들어와서 우리 모두를 죽일지도 모른다. 그자는 스스로를 잔인한 범죄자라 여기겠지만, 나는 그가 나에게 은혜를 베푼다고 생각할 것이다. 우리는 줄지어 설 것이고, 나는 이십 년 만에 처음으로 나부터 처치해달라고 부탁할 것이다. 날 쏴요, 제발 쏴줘요. 내가 직접 쏠 배짱은 없으니까.

도둑은 해럴드와 나를 깨우고 말하겠지. "다 한데 모아. 집안 식구를 모두 한 방에 모으라고." 우리는 신디를 데리러 복도를 걸어갈 것이다. 도둑은 우리 뒤에서 내 등에 총구를 누르고 있을 테고. 우리는 신디의 방문 앞에서 문이 잠겨 있음을 알게 될 것이다. 해럴드가 문을 두드리는 사이에 나는 신디가 열다섯 살이라 가끔 이럴 수밖에 없다고 설명할 것이다. 해럴드는 문을 쾅쾅 두드리리라. 열지 않으면 문을 통째로 떼어내겠다고 소리치면서. 여긴 내 집이고 어느 방이라도 들어갈 권리가 있다고 말하면서. 우리가 신디를 끌어내면 도둑이 말할 것이다. "저긴 뭐가 있지? 저기 불 켜진 방은 뭐야?"

나는 그 방엔 아무도 없다고 말할 것이다. 그자는 총으로 나를 찌르며 불빛은 뭐냐, 문에 붙은 머틀리 크루* 포스터는 무엇이며, 라디오는 왜 켜져 있냐고 묻겠지. "날 속일 생각 마셔, 아줌마."

우리는 도둑을 데리고 들어갈 것이다. 우리가 앞장서서. 앞서 들어간 해럴드와 나는 옆으로 비켜서리라. 도둑은 침대에 누운 몸뚱이, 플라스틱 관, 폴을 계속 움직여주는 얇은 파란색 물 매트를 볼 것이다. 눈을 뜨고 있어도 아무것도 보고 있지 않은 폴을 볼 것이다. 몸이 꼬인, 아니 그보다는 꼬임이 풀린 프레첼처럼 늘어진 폴을 볼 것이다. 도둑은 그 모든 것을 보고 손에 든 것을 떨어뜨리

* 미국 로스앤젤레스의 전설적인 하드록 밴드.

겠지. 아무것도 가져가려 하지 않고, 이 살아 있는 시체의 마법이 건드린 물건은 무엇 하나 잡으려 하지 않고 달아나겠지.

화재는 어떨까. 지하실에서, 벽 속의 배선 어딘가에서 시작되는 불. 우리가 알아차리기도 전에 집이 타버릴지도 모른다. 불의 장벽이 리넨장을 터뜨리고, 아이들의 담요를 먹어치울 거다. 불길이 자고 있는 우리를 핥으리라. 뜨뜻한 검은 연기가 내 폐를 채우는 게 느껴지겠지. 나는 잠든 채 기침을 하고 심호흡을 하면서 불길을 향해 몸을 굴릴 것이다. 그리고 폴. 불 속의 폴. 폴에게 연결된 튜브는 녹아서 뜨거운 플라스틱 웅덩이가 되고, 거품을 일으키다 새까매질 것이다. 폴의 피부에 플라스틱 조각이 박힐 것이다. 산소 탱크가, 내가 한때 폴이라고 생각했던 녹색 깡통이 폭발할 것이다. 나는 문간에서 무엇인가 크고 둥그런 것의 윤곽을 보고 폴이 몸을 구부렸다고 생각한 적이 있었다. 녹색 금속 탱크를 아들로 착각하고 잠시 동안 다 괜찮다고 생각한 적이 있었다.

나는 모든 것을 점검하고 아들의 방으로 들어간다. 한밤중, 나는 잠과 죽음 사이 어딘가를 떠다니는 아들을 지켜본다. 커튼이 올라가 있다. 불이 켜져 있다. 마치 우리는 폴이 한밤중에 깨어났다 여기가 어디인지 모를까봐 걱정하는 것 같다. 불빛이 곧 생명이라고 생각하는 것 같다. 나는 우리가 아들의 상태를 확인하기 위해 침대 위로, 그 아이의 몸 위로 손을 뻗어 스위치를 누를 필요가 없도록 하려고 불을 켜두는 것은 아닌지 궁금하다. 빛이 폴의 얼굴을 비추는데도 그 아이는 알아차리지 못한다.

바깥에서, 창문 밖에서 보면 폴의 방은 진열장 같다. 밤에 개를 산책시키면서 폴의 방 창문을 본 적이 있다. 환한 빛을 받은 그 아이는 진열된 물건 같고, 창문은 교외에 있는 크리스마스 장식을 한 쇼윈도 같다.

현대 죽음 박물관. 일주일 내내 24시간 개방, 입장료 5달러, 학생요금 3달러, 노인과 5세 이하 아이, 중증 장애인은 무료. 오세요, 다들 오세요, 살아 있는 시체의 탄생지로 와서 우리와 하루만 같이 지내면 평생 잊을 수 없는 추억이 생긴답니다.

우리는 박물관을 운영한다. 나는 윌리엄즈버그의 관광 가이드처럼 시대 의상을 입고 있다. 언제나 경찰이 전화를 걸어 사고가 났다고, 아들이 내 차를 몰다 사고를 냈다고 말한 날 밤에 입었던 바로 그 파랑, 빨강, 자주색 드레스를 입는다. 나는 방문객에게 해럴드와 내가 디너파티에서 돌아와 집에 들어갈 때 울렸던 전화기를 보여준다. 그 파티, 우리 친구들, 우리의 웃음에 대해 이야기한다. 나는 리타가 그날 밤에 사용한 요리법 색인카드도 가지고 있다. 나는 경찰이 폴이 아침까지 살지 못할 수도 있다는 말을 했던 순간을 설명하며 색인카드를 내민다. 집중치료실과 수술실 옆 작은 방에서 기다린 나흘 낮과 나흘 밤 동안 그 드레스를 입고 있었다는 얘기도 한다.

나는 방문객을 가까이 끌어당겨 귓가에 대고 그날 밤 기도를 했다고 속삭인다. 내가 신을 믿는지조차 알지 못하면서 나흘 내내

기도했다고. 나는 방문객에게 구체적인 내용을, 명확한 조항을 집어넣어 기도해본 적이 있냐고 묻는다. 그저 살아 있기만 하면 된다는 생각은 오산이다.

나는 방문객을 거실로 데려가 잠시 걸음을 멈춘다. 붉은 벨벳 밧줄을 풀고 소파에 앉으라고 한 다음 해럴드와 내가 얼마나 절박하게 아들이 나아지기만을 원했는지 이야기한다. 폴에 대해 이야기하고 아기 때 사진을 보여준다. 나는 십 년 전 폴이 오토바이에서 떨어져 팔이 부러졌을 때 찍은 사진도 가지고 있다. 나는 방문객에게 당시에는 모든 게 괜찮아지지 않으면, 폴이 축구든 야구든 하고 싶은 것을 전부 할 수 없게 되면 내가 미쳐버릴 줄 알았다고 이야기한다. 다들 이미 알면서도 듣고 싶어하는 이야기들을 해준다.

우리는 오직 행복하고 건강한, 정상인 아이를 원했을 뿐이다. 우리는 우리 아이들을 위해 무엇이든 주리라 다짐했다. 그게 자랑스러운 일이라도 되는 양 말했다. 나는 방문객이 듣고 싶어하지 않을 경우에 대비해 속삭이듯 말한다.

나는 폴의 의료 기록, 뇌 사진, 등골뼈 엑스레이 결과, 병원에서 우리에게 보여줬던 그래프와 차트, 발음부터 배워야 했던 용어들을 사람들에게 돌린다. 우리는 코마 상태란 어떤 것인지에 대해 이야기한다. 코마, 내 아들이 계속 눈을 뜨고 숨을 쉬게 해주는, 때로는 유령이라도 본 것처럼 벌떡 일어나게 만드는 깊은 잠. 나는 질문이 있는지 묻는다. 혹시 코마에 빠져본 사람이 있는지 묻는다. 방문객에게 있으면 손을 들어보라고 말한다.

도움. 우리는 무슨 도움을 얻고 있나? 의사는 폴을 집으로 데려가는 건 좋은 생각이 아니라고 보았다. 폴이 우리의 삶에서 멀찍이 떨어져 병실에 머무는 것이 더 낫다고 생각했다.

해럴드는 단호한 태도를 취했다. "일 센트도 더는 안 내겠소." 그러자 그들은 퇴원해도 좋다고, 할 수 있는 일은 다 했다고 말했다. 폴은 우리 몫이었다. 도우미를 고용하고, 심리상담사를 만나고, 폴의 재활을 위해 애쓰겠다고 약속하면 폴을 데려올 수 있었다. 병원비를 지불하겠다고 약속하면 집으로 올 수 있었다. 나는 방문객에게 해럴드의 청구서 폴더를 보여준다. 컴퓨터 인쇄지로, 우리의 계산표보다 더 많은 0이 적힌 종이로 꽉 찬 파일함을 보여준다.

도움. 나는 방문객에게 심리상담에 대해, 우리 가족을 한 방에 몰아넣고 폴을 미워하게 만드는 시간에 대해 말한다. 정신과 의사는 폴에게 우리 인생을 휘둘려선 안 된다고 말했다. "자, 이번 주에는 폴에 대한 이야기 말고 다른 이야기를 하죠." 그녀는 말했지만, 일부러 폴을 제외했으니 결국 그것도 폴에 대한 이야기였다.

신디가 말했다. "폴이 죽어버렸음 좋겠어."

모두가 고개를 끄덕였다.

나는 방문객에게 신디에 대해, 신디가 어떻게 오빠를 친구들에게 보여주었는지에 대해 말한다. 꼭 아기였을 때 자기 친구들에게 신디를 보여주던 폴과 같았다. 신디는 폴을 보고 싶다는 친구들을 방으로 데리고 들어갔다. 아이들은 침대 주위에 몰려서서 어느 튜브가 어디로 들어가고 어디로 나오는지 물었다. 아이들의 질문에 질린 신디는 결국 시트를 내리고 직접 보게 했다. 벌거벗은 채 혈액순환이 잘 되도록 팔다리를 가지런히 펴고 누워 있는 오빠를 보여주었다. 욕창이 생기지 않게 계속 폴의 몸을 움직여주는 특수 동력 패드, 의료 '매직 핑거'를 보여주었다. 전부 다 보여주었다. 그러고 나서 신디는 오빠의 창백하게 언 몸을, 성기에 연결된 튜브를 응시하는 친구들을 바라보았다. 아이들은 신디가 허락하는 한 언제까지라도 그 부분을 보고 있었을 것이다. 신디는 한 여자아이가 만져봐도 되냐고 물어서 그러라고 한 적도 있다고 말했다. 신디는 그러라고 하고는 고개를 돌렸다. 고개를 돌리고, 곁눈질로 여자아이가 다시 손을 떼는 모습을 보았다.

"따뜻해." 그 아이가 말했다.

"죽은 건 아니니까." 신디의 말에 아이는 얼굴을 붉혔다. 잘 익은 체리처럼 새빨개졌다.

"너 구역질 나." 신디는 그렇게 말하고 시트를 올려 폴을 덮었다.

마치 아기처럼 폴을 감쌌다. 신디는 상냥했다. 오빠를 미워했기 때문에 상냥했다.

나는 방문객에게 전화 통화를 하는데 신디가 부엌에 들어왔던 일을 이야기한다. 신디는 말했다. "오빠가 미워. 너무 미워서 가끔은 내가 뭔가 끔찍한 짓을 저지를 것만 같아." 나는 통화하던 상대에게 나중에 다시 걸겠다고 말했다. 상대 여자가 말했다. "정말 힘들겠다."

신디는 울었고, 나는 괜찮다고 말해주었다. 그렇게 느끼는 것이 정상이라고, 나도 그렇다고.

신디는 말했다. "아냐, 엄마. 달라. 난 다르다고. 난 늘 오빠를 미워했단 말이야."

박물관에 온 것을 환영한다. 방문객의 입장료로 나는 모든 것을 보여주고 모든 것을 이야기한다. 마지막 부분이 가장 좋다. 나는 방문객을 데리고 폴의 방으로 간다. 지금 맡는 냄새, 달콤하고 묵직한 냄새, 쓰라림이 맴돌고 톡 쏘는 세제 같은 여운을 남기는 이 냄새는 시체에서 나는 향기라고 설명한다. 기왕이면 입을 벌리고 들이마시라.

새벽 네시가 넘은 시간, 나는 폴의 방에 있다. 폴의 침대 한쪽에 앉아, 아이의 발목이나 손처럼 몸의 부분만 보면 그렇게 크게 다친 것 같아 보이지 않는다는 사실을 깨닫는다. 그러나 몇 센티미터만 시야를 넓히면 악몽 속에 얼어붙은 듯 창백하고 딱딱하며 부어 있는 폴이 보인다. 나는 앉아서 폴에게 말을 건다. 내가 어찌해야 하는지 묻는다.

"폴?"

폴은 대답하지도, 나가라고 하지도 않는다. 예전처럼 이것저것 설명하지도 않는다. 머릿속에서 레드 제플린의 음악이 하도 크게 울려 잠시 스테레오가 켜져 있다고 생각했다는 말도 하지 않는다. 언제나 음악이 돌아가고, 언제나 듣고 싶은 노래가 들리니 자기 머리가 멋진 스테레오 같지 않냐는 말도 하지 않는다. 머릿속 스테레오에는 광고 시간이 없다는 말도 하지 않는다. 나는 손톱으로 폴의 머리를 빗어넘기고, 머리가 다시 얼마나 길었는지 생각한다. 폴은 내 손을 뿌리치지도, "맙소사, 엄마, 나 좀 내버려둬요, 네?" 라고 말하지도 않는다. 도대체 무슨 일이 일어난 건지 말해주지 않는다. 사과하지도 않는다.

나는 옳은 일을 하고 있다는 확신이 들 때까지 폴의 방에 앉아 있는다. 나는 내 아이와 함께 있고, 내 모든 생각은 폴과 연결되어 있다. 그렇게 영원히 앉아 있을 수 있을 것 같다.

나는 일어서서 쓰레기통을 비운다. 쓰레기봉투를 부엌으로 가져가 문간에 둔다. 새 쓰레기봉투 상자를 뜯고 폴의 방으로 돌아간다. 나는 폴 앞에서 봉투를 들고 공기가 가득 찰 때까지 흔든다. 폴에게 다가가 코에 꽂힌 산소 튜브를 뽑고, 아이의 머리를 들고, 봉투를 씌운다. 폴이 나를 제지하기를, 몸을 비틀어 벗어나기를 소망하며 천천히 봉투를 씌운다. 폴이 저항하길 빌며 머리에 봉투를 씌우고 목 부근에서 조인다. 그러면서 폴의 창문에 비친 내 모습을 본다.

내 모습을, 내가 하는 짓을 본 나는 잽싸게 폴 위로 손을 뻗어 불을 끈다. 아무도 나를 보지 못하게 막는다. 방은 폴에게 연결된 기계의 작은 빨간색 불빛, 모든 것이 완벽하게 작동한다고 말하는 불빛만 남기고 캄캄해진다.

나는 폴을 본다. 폴의 머리에 씌운 봉투가 얼마나 쉽게 묶였는지 본다. 목을 둘러 묶은 봉투 안의 폴을 지켜본다. 폴은 숨을 들이마셔 얼굴 가까이로 봉투를 끌어당긴다. 코와 눈과 입이 봉투에

눌린다. 나는 숨을 내뱉는 폴을 지켜본다. 뱉어낸 숨이 진녹색 비닐을 밀어낸다. 비닐이 풍선처럼 부풀어오른다. 나는 시간이 짧을수록 좋을 거라고, 빨리 끝내고 싶다고 생각하며 봉투를 더 바싹 조인다. 나는 끝을 바란다.

나는 폴이 숨 쉬는 동안 봉투를 잡고 있는다. 일 분인가, 몇 분인가가 지나자 폴은 숨을 잘 쉬지 못한다. 지친 사람처럼 호흡이 줄어든다. 이제 거의 숨을 쉬지 않는다. 나는 지금이라도 멈출 수 있음을 안다. 스스로를 살인자로 만들지 않을 수도 있지만, 그러지 않는다.

지금 하지 않으면 후회할 것이고, 결국 언젠가는 해야 할 일이다. 나중으로 미루면 모든 것이 더 힘들어지고, 끝날 때까지 점점 더 힘들어지기만 하리라. 나는 봉투를 폴의 얼굴에, 입속으로, 콧속으로 내리누른다. 마침내 폴은 숨을 한번 뱉더니, 멈춘다.

나는 폴의 숨결 때문에 축축해진 봉투를 벗겨낸다. 폴의 머리를 들고 봉투를 당긴다. 나는 그것이 마지막 숨이었다는 게 확실해질 때까지, 내가 보지 않을 때라도 다시 숨을 쉴 일은 없다는 사실이 분명해질 때까지 침대 옆에 앉아 있는다.

나는 폴의 가슴에, 폐에, 심장에 머리를 댄다. 내 얼굴을 폴의 얼굴에 대고 누른다. 땀이 맺혀 있다. 살갗이 식어간다. 나는 폴과 얼굴을 마주대고 그 아이가 죽어가는 것을 느낀다. 그리고 끝이 왔다 갔음이 분명해질 때까지, 아침이 올 때까지 아이 방에 앉아 있는다. 떠오른 해가 거리 끝에 있는 집들 뒤로 지나간다. 나는 얼마나 쉬웠는지, 얼마나 간단해 보였는지 생각하며 앉아 있는다.

지금부터는 폴이 어디에 있는지 언제나 알 수 있다. 언제나 어떤 상태인지 알 수 있다. 나는 신디를, 해럴드를, 우리 부모님을 떠올리고 언제든 무슨 일이 일어날 수 있다는, 불완전한 사고가 일어나 내가 또 기다리게 될지도 모른다는 생각을 한다. 상자 안에 쓰레기봉투가 몇 개 있는지 생각한다. 아침 여섯시다. 나는 침대로 돌아가 해럴드 가까이 바싹 붙어 눕는다. 해럴드는 자면서 나를 감싼다. 나는 꼼짝할 수 없다. 해럴드는 내 등에 가슴을 붙이고 코를 곤다. 해럴드가 내뿜는 숨이 정수리에 불어온다. 이상하게 뜨겁고 시큼한 바람이다.

파자마 파티

Slumber Party

벤과 샐리는 누군가의 집 뒤편 숲에서 낙엽을 긁어모아 불을 붙였다.

벤은 성냥갑에서 성냥을 뜯어내지도 않고 두 개에 동시에 불을 붙였다. 그리고 성냥갑이 통째로 타올라 손가락을 데기 전에 최대한 많은 낙엽에 불붙은 성냥을 가져다댔다.

불이 거세지자 벤은 샐리를 몇 걸음 뒤로 밀어냈다. "피해."

둘은 낙엽 속에, 때로는 불 속에 서 있었다. 가끔 불길이 청바지 밑단에 닿기도 했다. 샐리는 불 속으로 몸을 굽혀 타오르는 낙엽 하나를 꺼냈다. 두 손가락으로 잎을 들고, 잎사귀가 빨간 깜부기불에 타들어가 그녀의 손안에 단단한 줄기만 남는 광경을 지켜보았다.

"가서 더 가져오자." 벤이 말했다. 그들은 계속해서 잎을 모았다. 매번 숲 속으로 더 깊숙이 들어가 바닥을 긁어 한 아름씩 낙엽을 들어올리고는, 숲 전체가 가슴팍을 누르는 것 같은 기분으로 돌아왔다.

샐리가 낙엽을 주우려고 몸을 굽히자 벤이 모닥불을 휘젓던 막대기로 샐리의 다리 사이를 찔렀다. 샐리는 모르는 척했다. 벤은 막대기를 넣어 앞뒤로 움직이며 청바지를 긁었다.

샐리를 찌르면서 벤이 깔깔거렸다. 평소의 재미있는 웃음소리가 아닌 정신병원에서 뛰쳐나온 미치광이처럼 높은 웃음소리였다.

샐리는 가끔 엄마가 아빠에게 던지는 것과 똑같은 눈길로 벤을 보며 말했다. "그만해."

그들은 불을 붙였다. 모닥불이 점점 앞서 붙인 불보다 커지더니 결국에는 불꽃이 거칠게 튀어오르기 시작했고, 불을 밟아 끄는 사이 둘의 청바지 아랫단에도 불이 붙었다. 청바지가 빨갛게 달아오르자 깨끗하고 하얀 종아리에 열기가 느껴졌다.

숲에 연기가 가득 찼고, 모닥불 하나가 옆으로 번지는 바람에 벤이 그 뒤를 쫓아야 했다. 멀리서 사이렌 소리가 들렸다. 샐리는 분명 자기들 때문에 달려오는 거라고 생각했다.

마침내, 충분히 무서움을 즐기고 벤의 양다리가 차갑게 느껴질 정도로 뜨거운 선홍색 화상에 뒤덮이고 나서야 벤과 샐리는 흙바닥에 주저앉았다. 샐리는 양말 안에 숨겨두었던 말보로 갑을 꺼냈다.

샐리는 담뱃갑을 흔들어 두 개비를 꺼낸 뒤 다시 양말 속에 집어넣었다. 벤은 한꺼번에 불을 붙이고 잠시 동안 두 개비를 다 입에 문 채 연기를 빨아들였다. 마치 두 개비를 같이 피우면 즐거움도 두 배, 재미도 두 배라는 듯.

"재밌었어." 벤이 담배를 피우며 말했다.

샐리는 고개만 끄덕이고 아무 말도 하지 않았다. 담배 연기 들이마시는 연습을 하는 중이라 집중해야 했기 때문이다.

"너 알지?" 같이 담배를 다 피우고 난 뒤 담배 냄새가 나지 않도록 손가락 사이에 샐리가 엄마 화장대에서 훔쳐온 향수를 바르는 동안 벤이 말했다. "난 줄리보다 네가 더 좋아. 줄리는 치마를 입잖아."

샐리는 주머니에서 껌을 한 통 꺼냈고, 둘은 입 냄새를 지우기 위해 껌을 한 움큼씩 털어넣었다.

"난 치마 입는 여자애가 싫어." 벤이 껌을 우물우물 씹고 입맛을 다시며 말했다.

그들은 숲을 빠져나와 언덕으로 올라갔다. 샐리는 몰래 웃음 지었다. 줄리와 벤은 샐리보다 한 살 위로, 샐리가 열 살이 되기도 전에 열한 살이 되었고 제일 친한 사이였다.

"새앨리." 언덕 너머에서 엄마의 목소리가 들렸다. 목소리는 지지직거리는 라디오처럼 뚝뚝 끊어졌다. "새앨리. 새앨리. 집에. 와라. 지금."

늦은 오후였다. 해는 막 언덕 꼭대기에 있는 집 뒤로 저물었다. 그 블록에서 제일 높은 지점인 텔레비전 안테나가 교회의 뾰족지붕처럼 하늘을 향해 솟아올라 금빛으로 반짝였다.

집집마다 퇴근해 돌아온 아버지의 차가 진입로에 들어서면서 분필로 그린 한발뛰기 선에 그림자를 던지고, 농구장에 차를 세우면서 농구 시합이 끝났다. 금속 차 문이 닫히는 소리가 벽돌집에 부딪혀 되울렸다.

벤과 샐리는 지친 듯 느릿느릿 걸어갔다.

"샐리!" 샐리의 엄마가 외쳤다. 이번에는 또렷하게 들렸다. 그들은 옆집 뒷마당까지 와 있었다. "벤이랑 같이 있니?"

샐리와 벤은 켕기는 얼굴로 서로를 바라보며 모닥불이나 연기나 훔쳐낸 향수 때문에 말썽이 생겼나 생각했다. 둘 다 아무 말도 하지 않았다.

두 아이는 그 자리에 딱 붙어 있었다는 듯 순진무구한 표정을 얼굴 전체에 퍼트리며 집 옆으로 돌아나왔다.

"이십 분은 불렀다." 샐리의 엄마가 말했다. "벤은 오늘밤에 자고 갈 거야, 기억하지? 너희 엄마가 네 물건들을 두고 가셨어. 나중에 전화하신다더라."

벤의 아빠는 오래전에 사라졌다. 이혼한 것도 아닌데, 어느 날 집을 나가 다시 돌아오지 않았다. 가끔 경찰이 그를 찾았다거나 찾는 데 도움이 될 만한 단서를 얻었다고 여긴 적도 있었지만 아무런 진전도 없었다. 벤의 엄마는 가끔 밤에 회의를 해야 했기에, 가정부가 없을 때면 벤은 그 블록 위쪽이나 아래쪽에 사는 누군가의 집에서, 어디든 벤을 재워주겠다는 집에서 밤을 보내곤 했다.

"오늘 저녁에는 손님도 있으니까," 정기적이라고 해도 좋을 만큼 자주 와서 밥을 먹었는데도 샐리의 엄마는 벤이 온 것이 대단한 일인 양 말했다. "그릴에 고기를 굽자."

뒤쪽 테라스를 내다보니 샐리와 나이차가 많이 나는 오빠 로버트가 그릴 위로 고개를 숙이고, 십대 후반에 무엇인가를 제대로 해보기로 굳게 마음먹은 소년에게서만 볼 수 있는 꼼꼼하고 헌신적인 태도로 닭고기 조각을 살피고 있었다.

로버트는 엄마가 불러도 고개를 들지 않았다.

"로버트." 엄마는 부르고 또 부르다 뒤쪽 테라스로 통하는 유리문을 두드렸다. "로버트, 얼마나 더 걸리겠니?"

"칠 분, 아니면 칠 분 삼십 초."

벤은 로버트를 보았다. 로버트는 벤이 아는 누구보다도 키가 컸고, 이제까지 본 누구보다도 말랐다. 벤은 부엌문 앞에 서서 로버트가 그릴에서 닭고기를 접시로 옮겨 가지고 들어갈 때까지 그를 지켜보았다.

"저녁식사 준비됐어요." 샐리의 엄마가 말했다. 샐리의 아빠가 방에서 나왔고, 벤과 샐리가 싱크대에서 손을 씻고 행주로 닦는 동안 로버트는 못마땅한 얼굴로 둘을 살폈다.

"손톱." 로버트가 누구에게 한 말인지 분명하진 않았지만, 벤은 싱크대에 다시 가서 손을 닦았다. 이번에는 손톱으로 비누를 긁어 아이보리 비누에 다섯 개의 골을 파놓았다.

저녁식사 중에 오간 대화는 벤을 샐리에게서 떼어놓았고, 둘을 여자 대 남자로 갈라놓았다. 샐리는 그것이 마음에 들지 않았다. 엄마와 한통속으로 하녀 취급을 받는 게 싫었다. 다른 이들처럼 식탁에 앉아 있고 싶었다. 아빠가 소금 좀 가져오라고 시키고, 로버트가 옆에서 "간 김에 얼음도 가져와"라고 하는 데다 한 술 더 떠서 아빠가 벤한테 "필요한 거 있으면 샐리한테 말하렴"이라고 하는 것이 싫었다.

저녁식사가 끝나자 로버트와 아빠는 냅킨을 둘둘 말아 접시 한가운데에 던져놓고 일어섰다. 벤은 빈 식탁에 앉아 샐리가 엄마를 도와 뒷정리를 끝낼 때까지 기다렸다.

모든 것을 닦고 말린 뒤 두 아이는 다시 나가도 좋다는 허락을 받았다. 하늘에는 모든 것이 정지한 시간, 밤이 오기 직전의 푸른 어스름이 깔렸다.

"마당 밖으로는 나가지 마라." 샐리의 엄마가 말했다.

벤과 샐리는 간이차고*에 있는 금속 조립창고 뒤에 숨어 담배 한 대를 나눠 피웠다.

벤은 새로운 시도를 했다. 한 모금을 깊이 빤 다음 담배 연기를 들이마시는 샐리의 입안에다 내뿜는 것이다. 샐리가 내뿜을 때엔 남은 연기가 없었다.

"나도 해볼래." 샐리가 소곤거렸다.

벤은 고개를 젓더니 한 모금을 빨고 이번에는 꿀꺽 넘겼다.

덧문 안쪽에서 엄마가 로버트에게 하는 말이 들렸다. "그릴 확실히 껐니? 뭔가 타는 냄새가 나는 것 같은데."

두 아이는 마지막으로 한 모금씩 빨고 나서 벤은 신발 바닥에 담배를 비벼 끄고, 샐리는 반쯤 피운 말보로를 담뱃갑에 다시 넣어 양말 안에 숨겼다.

샐리의 엄마가 문을 열고 샐리를 불렀다. 벤과 샐리는 창고 뒤

---

* 기둥과 지붕만 있는 작은 차고.

에서 숨을 참고 기다렸다.

"샐리!" 엄마가 다시 불렀다.

벤은 발이 미끄러지는 바람에 총소리같이 요란한 쾅 소리를 내며 금속 창고에 부딪혔다.

"오 분만 더 노는 거다." 엄마는 집 안으로 들어가 덧문을 닫았다.

샐리가 벤을 창고 쪽으로 밀자 다시 쾅 소리가 났다.

"끝내주네." 샐리는 입안에 껌을 털어넣고 화이트 리넨 향수를 손가락 사이에 문질렀다.

"껌 줘." 벤이 말했다.

샐리는 껌을 던졌다. 껌이 진흙탕 바닥에 떨어졌다.

"다시 줘." 벤이 말했다.

"미안. 마지막 하나였어." 벤은 진흙탕에 빠진 껌을 주워 셔츠 소매에 문지른 뒤 입안에 넣었다.

"아래층 빈방에 너희가 잘 자리를 만들어놨다." 샐리의 엄마가 말했다.

'아래층'이란 사실 지하실이었다.

"너희가 뛰는 소릴 들으면서 밤을 지새고 싶진 않거든." 엄마가 말했다.

샐리는 벤을 바라보았다. 지하실은 무서웠다. 샐리는 낮에도 지하실에 내려가는 걸 좋아하지 않았고, 지하에서 잔다는 생각은 한 번도 해본 적이 없었다.

"내 방에 있을게요." 샐리가 말했다. "조용히 잘게."

샐리의 엄마는 고개를 저었다.

"그럼 벤이 로버트 오빠 방에서 잘 수도 있잖아요." 샐리가 말했다.

벤은 불청객이 된 듯한 불편한 기분으로 복도에서 샐리와 엄마 사이에 서 있었다.

"다른 사람과 함께 자기에 로버트는 나이가 많아." 샐리의 엄마가 벤의 머리를 토닥이며 말했다. "아래층이 좋을 거야. 씻고 잠옷 입어라. 그러면 삼십 분 동안 텔레비전 보게 해줄게."

텔레비전을 보는 내내 샐리는 지하실에서 잘 일만 생각했다. 지하 오락실에 있는 커다란 옷장을 생각했다. 보일러실과 그 안에 무엇이 있을까 생각했다. 위층에서 잠든 모두로부터 멀리 떨어져 캄캄한 아래층에 눕는 것에 대해 생각했다. 무서워도 벤에겐 말할 수 없었다. 벤은 샐리가 아기처럼 군다거나, 더 나쁜 경우 계집애처럼 군다고 생각할 것이다. 텔레비전을 보는 내내 샐리는 차라리 밤을 새버릴까 생각했다.

"잘 자렴." 엄마가 샐리의 이마에 입을 맞추며 말했다.

셋 다 층계에 서 있었다.

"추울까봐 담요도 더 갖다놨어. 밤새 놀진 말고." 샐리의 엄마가 말했다.

샐리는 로버트의 낡은 손전등을 들고 엄지손가락으로 껐다 켰다를 반복했다.

엄마가 샐리를 내려다보았다. "아래에 야간등 켜놨어." 샐리는 어깨를 으쓱였다. "잘 자라." 엄마는 다시 한번 입을 맞추고, 물러

서는 척하는 벤에게도 입을 맞췄다.

"다리에 그 빨간 자국은 뭐니?" 엄마가 벤에게 물었다.

벤은 불에 덴 자국을 내려다보며 말했다. "옻이 올랐어요."

"저런, 긁지만 말아라."

벤과 샐리는 조용히 아래층으로 내려갔다. 벤이 앞에 섰다. 오락실은 서늘한 리놀륨 바닥에 긴 그림자를 던지는 야간등 불빛 외에는 캄캄했다. 그 불빛만으로도 샐리는 유리 미닫이에 비친 자기 모습을 충분히 알아볼 수 있었다. 얼굴을 유리에 대고 밖을 내다보려 했지만, 유리에 바싹 붙은 자기 얼굴과 뒤에 서 있는 벤, 그리고 뒤의 암흑 외에는 아무것도 보이지 않았다.

창문 아래, 벽에 붙여놓은 바퀴 침대는 잘 정돈되어 있었다. 큰 방 안에서 침대는 작고, 엉뚱한 장소에 놓인 듯 보였다.

"골라." 벤이 말했다. 샐리는 높은 침대와 낮은 침대 중 어느 쪽이 더 나은지, 더 안전한지 고를 수가 없었다. 바닥에 가까우면 강도나 살인자가 샐리를 못 보고 지나칠 수도 있지만, 무언가가 자는 그녀 위로 기어갈지도 몰랐다. 그렇다고 보통 높이로 올라가자니 밤과 커다란 방에 무방비로 노출될 것 같았다.

"여기서 잘래." 샐리는 낮은 침대를 골랐다.

샐리는 이불을 들어올리고 벌레가 없는지 살핀 다음 들어가, 담요를 턱까지 끌어당겨 자기 몸을 묻어버리듯 단단히 감쌌다.

"저기 뭐가 있어?" 벤이 보일러실을 가리키며 물었다.

"왜?" 샐리가 물었다.

"무슨 소리가 들린 것 같아서."

"그냥 보일러실이야."

"사람 소리가 들린 것 같은데."

샐리는 벤이 미워졌다.

"팔 대신 갈고리가 달린 남자가 밖으로 나오려고 벽을 긁는 거야."

벤은 조용해졌다. 샐리는 그냥 위층으로 뛰어 올라갈 수도 있다고 계속 생각했다. 침대에서 뛰쳐나가 비명을 지르며 위층으로 올라갈 수도 있다고. 비명을 질러대면 부모님도 다시 내려가라고 하지 않을 것이다. 벤은 좋아하지 않겠지만 아무래도 상관없었다.

"들었어?"

벤은 그렇게 묻고 조용히 있다 웃기 시작했다.

웃고 또 웃다 침대에서 떨어졌고, 그러고도 씩씩거리며 웃다 마침내 숨이 막히자 깔깔거리기를 멈추고 높은 침대에 앉아 씩 웃었다.

"잘 자." 샐리는 귀 위로 이불을 끌어올렸다. 그리고 보일러실을 감시할 수 있게 몸을 돌렸다. 하지만 뒤에 창문이 있다보니 그쪽도 봐야 한다는 느낌이 들었다.

벤은 다짜고짜 잠옷을 턱 밑까지 끌어올리더니, 팬티를 끌어내리고 자기 몸에 손전등을 비췄다.

"내 거시기 한번 봐."

샐리가 마지막으로 남자 성기를 본 것은 어떤 남자아이 집 아래층 화장실에서 의사놀이를 할 때였다. 그 남자아이의 고환은 청포도만 했고 남근은 너무 닳아 더는 쓸 수 없어 버려야 하는 몽당 크레용만 했다.

"좀더 크면 털이 날 거야." 벤이 말하면서 앞뒤로 몸을 움직여 성기를 허공에 휘둘렀다.

샐리는 침대에 일어나 앉아 빤히 쳐다보았다.

벤의 몸뚱이에서 그 부분만 따로 떨어진 것 같았다. 벤의 성기는 로버트의 카르멘 기아* 변속기어처럼 튀어나왔다.

벤이 자기 물건으로 샐리를 가리키자 샐리는 빽 소리를 질렀다. 벤이 깔깔거리자 성기가 살짝 퉁퉁거렸다.

"이런 상태로는 오줌을 못 싸." 벤이 말했다.

샐리는 벤의 지식과, 마치 과학 시간에 표본 설명이라도 하듯 지식을 드러내는 방식에 감명받았다.

"만져봐."

샐리는 고개를 저었다.

벤은 발목 부근에 걸려 있는 팬티에서 발을 뺐다.

"난 털 있어." 샐리가 말했다.

"거짓말 마." 벤이 말했다.

샐리는 어깨를 으쓱했다.

"보여줘."

"싫어."

---

* 폭스바겐에서 만든 스포츠카.

샐리에겐 잠옷을 끌어올릴 이유가 없었다. 보여줄 것이라곤 털 한 가닥뿐이었으니까. 샐리는 아무것도 없었고, 점차 아무것도 없다는 사실과 그 빈 공간에 대한 벤의 관심 모두를 의식하기 시작했다.

벤은 그냥 서 있었다. 벤은 샐리가 멍청하다고 생각했고, 샐리도 그 사실을 알았다.

"좋아. 하지만 만지면 안 돼." 샐리가 말했다.

샐리는 누워서 잠옷을 들어올리고 속옷을 무릎까지 끌어내렸다.

벤이 가까이 다가왔다. "털이 어디 있어?" 벤은 샐리에게 불빛을 비추며 물었다.

샐리는 턱을 세 겹으로 만들면서 고개를 들어 자기 몸을 내려다봤다. 분명히 털이 있었는데, 지금은 찾을 수가 없었다.

"하나도 없잖아."

"분명히 있어."

"안에 났을지도 모르지."

벤이 말하더니 샐리의 속옷을 마저 끌어내렸다. 샐리는 놀랐지만 아무 말도 하지 않았다.

"다리 벌려봐." 벤이 말했다.

샐리는 벤을 외면하고 다리를 벌렸다. 보일러실 문을 바라보면서 팔이 하나뿐인 남자가 안에서 널빤지 틈으로 밖을 본다고 상상했다. 애써 그 남자를 노려봤다.

샐리가 다리를 벌리자 벤은 침대 끝에 서서 주의 깊게 샐리의 안을 들여다봤다. 벤은 잠옷은 내렸지만 여전히 발기한 상태였다.

"안 보여." 벤이 말했다.

"그래도 전에는 있었어." 샐리가 말했다.

벤은 어깨를 으쓱하고 조금 더 가까이 다가섰다. "이건 복숭아씨처럼 생겼네."

샐리는 복숭아씨가 어떻게 생겼는지 기억해보려 했다. 놀리는 건가 싶어 벤의 얼굴을 보았지만, 벤은 진지한 표정으로 열중하고 있었다. 한 손에 손전등을 들고 샐리 위로, 아니 거의 샐리 안으로 고개를 숙이고 다른 손으로 샐리의 다리 사이 매트리스를 짚어 몸을 지탱한 채. 벤은 아직 찾아내지 못했다 뿐이지 특별히 찾는 것이 있다는 듯 주의 깊게 샐리를 뜯어보았다.

샐리가 잠옷을 내리려 하자 벤이 팔을 잡고 막았다.

"아직 안 끝났어." 벤은 샐리가 힘을 빼고 침대에 누울 때까지 양팔을 잡고 있었다. 샐리는 잠옷을 배꼽 주위에 모으고 속옷은 리놀륨 바닥에 떨어뜨린 채 누웠다.

"가슴 좀 보자." 벤이 말했다.

"아직 없어." 샐리는 화난 목소리로 말했다. 벤의 행동이 마음에 들지 않았다.

"어디 봐." 벤이 샐리의 잠옷을 잡아당기자 샐리는 그 손을 쳐내고 직접 옷을 올렸다.

샐리의 가슴은 딱 뚱뚱한 소년의 가슴으로 보일 만큼만 부풀었다. 여성스럽거나 섹시한 구석이라곤 없었다. 젖꼭지는 중국인의 눈처럼 째지고 멍자국 같은 느낌마저 드는 부드럽게 부푼 점이었다.

벤은 벌거벗고 누운 샐리 위에 서 있었다. 그렇게 벌거벗고 있으니 두 아이 모두 움직이는 방법도, 걷고 말하는 방법도 전혀 모르는 사람처럼 망연해졌다.

오락실 위에는 집 전체가 있었다. 샐리와 벤은 발소리, 텔레비전에서 흘러나오는 웅얼거리는 목소리, 물 흐르는 소리, 샐리의 아빠가 현관문 잠그는 소리를 들었다.

"하자." 벤이 속삭이듯 말했다.

샐리는 벤이 무슨 말을 하는지 알았지만, 그건 신문 읽기와 마찬가지로 다 큰 다음에야 하는 일이라고 생각했다. 평소에 다 컸다고 아무리 생각한다 해도 샐리는 아직 진짜 위험을 무릅쓸 만한 나이가 아니었다. 샐리는 고개를 저었다.

벤은 잠옷을 벗었다. 동전처럼 작고 납작한 벤의 젖꼭지가 보였다.

"에이, 하자. 재미없게시리." 벤이 말했다.

두 아이는 서로의 벗은 몸을 응시하며 말없이, 꼼짝도 하지 않고 버텼다. 마침내 샐리가 말했다. "좋아."

"좋아." 샐리는 엎드리더니 엉덩이를 허공에 치켜들었다.

"뭐 하는 거야?" 벤이 물었다.

"어서 해." 샐리가 말했다.

"이렇게 하는 게 아니야."

"이렇게 하는 거야." 샐리는 그렇게 말하고 오 분 정도 가만히 있었다. 벤은 샐리를 물끄러미 보고만 있었다. 둘 다 인정하기 싫을 만큼 혼란스러웠다.

갑자기 둘은 바깥을 보았다. 이상한 것이 보였다. 깜박이는 불빛이었는데, 손전등 불빛처럼 하얗지 않고 모닥불처럼 불그스름했다.

"밖에 나가보자." 샐리가 위층으로 올라가 자기 방에서 자게 해달라고 매달려야겠다는 생각을 한 순간 벤이 말했다.

샐리는 고개를 저었다.

"그러지 말고. 나가봐야 해." 벤이 말했다. 샐리는 왜 한밤중에 나가야 하는지, 그것도 밖에 무언가가 있는 걸 보았는데 왜 그래야 하는지 알 수 없었지만, 그래도 이제 움직여도 된다는 점은 기뻤다.

벤은 이상한 말투로 "해야 한다"고 말했다. 마치 밖에서 무엇이 보였든 그들과 관계가 있으며, 밖으로 나가 정면으로 마주해야만 한다는 듯한 말투였다.

샐리가 잠옷을 입으려는데 벤이 낚아챘다.

"아냐. 벗고 나가야 해."

"싫어." 샐리가 말했다.

벤은 샐리의 팔을 잡고 밖으로 통하는 유리문 쪽으로 끌어당겼다. 밖은 어두웠다. 샐리는 어둠을 좋아하지 않았다.

"무서워?" 벤이 물었다. 샐리는 고개를 저었다.

"그냥 나가기 싫어."

"나가야 해."

샐리는 벤의 말을 믿었다. 벤은 샐리의 손을 잡고 문을 향해 걸어갔다.

벤과 샐리는 벌거벗은 채 밤공기 속에, 샐리네 집 뒤쪽 테라스 바로 옆 풀밭에 섰다. 서로 15센티 정도 떨어져서 숲을 마주했다. 샐리네 집 뒷숲은 그 거리에 있는 모든 집 뒤편으로 펼쳐진 숲의 일부였다. 벤과 샐리가 불을 붙인 그 숲의 일부.

미처 몰랐지만 그들은 밤공기를 향해 열린 샐리 부모의 침실 창문 바로 아래에 서 있었다. 두 아이는 벌거벗은 몸에 닿는 공기의 느낌에 홀려 말을 잃었다.

벤의 성기는 컴퍼스나 점치는 막대기처럼 앞으로 튀어나와 있었다. 산들바람 속에서 그것은 맥박 치듯 줄어들었다 다시 커지는 것 같았다. 벤은 자기 물건을 건드렸다. 저항할 수가 없었다. 손가락으로 윗부분을 감아쥐고 살짝 문질렀다. 샐리는 벤을 보았다. 벤을 빤히 지켜보았다. 벤이 제 물건을 직접 만지는 것이, 대신 해달라고 부탁하지 않는 것이 둘 사이의 유대를 깨고 샐리를 배신하는 일 같았다. 샐리는 아무 말도 안 했지만 그녀의 눈길을 알아차린 벤은 동작을 멈추고 손을 늘어뜨렸다.

테라스 너머 숲은 깜깜했고, 뒷마당도 사방이 어두웠다. 두 아이는 어둠과 나뭇잎 사이로 멀리 있는 집들의 불빛을 보았다. 산들바람이 잎사귀를 흔들면, 불빛들도 모닥불처럼 나불거렸다.

바람 소리보다는 무겁지만 여전히 가벼워서 무서워할 이유가 없는 작은 소리가 났다. 벤과 샐리는 서로 마주 보았다. 그러나 겁먹지는 않았다. 아니면 이미 너무 겁먹은 상태라 더 무서워할 수 없었는지도 모른다. 소리는 점점 커졌고, 동물이라도 지나가는 양

나뭇잎이 움직인다 싶더니 사람 목소리가 들렸다.

벤과 샐리는 밤에 몸을 담그고 평온해진 마음으로 서 있었다. 둘 다 움직일 힘도, 움직이고픈 욕망도 없었다. 어둠 속에서, 테라스와 뒷마당을 가르는 돌담 뒤에서 키 큰 형체 둘이 걸어나왔다. 샐리는 두 사람이 누군가의 형이라는 것을 바로 알아보았지만, 누구 형인지는 기억나지 않았다. 두 사람을 아는 벤은 편안한 자세라도 취하려는 듯 한쪽 무릎의 긴장을 풀었다. 어떤 면에서 벤은 샐리와 함께 벌거벗고 나와 있다는 사실이 자랑스러웠다. 단단해진 성기는 그에게서 따로 떨어져 독립적으로 서 있었다. 마치 자기만의 생명과 정신이라도 가진 것 같았다. 벤은 제 성기를 애써 무시했다.

두 청년은 텔레비전 세트와 커다란 라디오, 큰 가방과 어두워서 잘 보이지 않는 몇몇 물건들을 나르고 있었다. 그들은 벤과 샐리 바로 앞에 서서 일대일로 얼굴을 마주했다. 두 청년과 마주하자 어째서인지 벤과 샐리는 더는 둘이 함께라고 느낄 수 없었다. 둘은 각자 홀로 서 있었다. 네 사람은 뒷마당에 말없이 서 있었다.

한 청년이 들고 있던 텔레비전을 내려놓더니 셔츠 주머니에서 담배를 꺼내 불을 붙였다. 다들 숨을 깊이 들이쉬며 담배 냄새를 마셨다. 청년이 담배를 빨자 담배가 번쩍이며 타들어갔다. 청년은 몇 모금 빨더니 담배를 벤에게 건넸다. 샐리 눈에는 벤의 성기가 가라앉는 것처럼 보였다. 벤은 담배를 피웠다.

"여보, 뭔가 타는 냄새 안 나?" 샐리의 엄마가 말했다.

집과 밤을 꿰뚫고 울리는 엄마의 목소리는 멀고 아득했다.

벤은 담배를 바닥에 떨어뜨렸다. 앞에 서 있던 청년이 운동화를 신은 발로 담배를 풀밭에 비벼 껐다. 네 사람은 숨을 죽인 채 꼼짝도 하지 않고 서서 잡히기를 기다렸다.

그러나 나무를 흔드는 바람 소리 외에 다른 소리는 들리지 않았고, 불을 켜는 곳도 없었다. 잠시 후 그들은 다시 숨을 쉬기 시작했고, 이제 안전하다고 생각했다.

샐리 앞에 있던 청년이 텔레비전과 가방을 내려놓았다. 그리고 샐리에게 손을 뻗었다. 손가락이 허공을 꼬집는 듯했다. 그는 샐리의 가슴, 혹은 나중에 가슴이 될 토대로 손을 뻗다 마음을 바꿨다. 손등이 젖꼭지를 잠시 스치자 샐리는 묘한 기분이 들었다.

청년은 손을 내리고 집게손가락을 펴 샐리의 다리 사이 빈 공간으로 부드럽게 밀어넣었다. 그리고 잠시 손가락을 그 자리에 두었다. 안도 밖도 아닌 살의 틈새에.

샐리는 벤을, 다시 발기한 성기를 보았다. 샐리는 자기 안에 머물러 있는 손가락을 느꼈다. 나머지 손가락과 손을 느꼈다. 마치 누군가가 마술을 부려보라고, 사타구니에 연필을 끼우고 일 분 동안 있어보라고 시킨 것만 같았다.

이윽고 청년은 손가락을 뺐고, 샐리는 손가락이 빠져나가면서 가볍게 안쪽을 스친 손톱을 느꼈다.

손가락을 뺀 청년은 텔레비전과 가방을 들고 다른 청년을 쳐다봤고, 둘은 어둠 속으로 걸어 들어갔다.

벤과 샐리는 돌아서서 안으로 들어왔다. 샐리는 침대에 다시 앉으면서도 여전히 손가락의 흔적을 느꼈다. 손가락의 감촉을 느꼈고, 손가락이 그 안에 있다는 감각에 흔들렸다.

"아무 말도 하지 마." 벤이 한 말은 그게 다였다. "설명할 수 없으니까, 아무 말도 하지 마."

그들은 잠시 벌거벗은 채 침대에 앉아 있다 너무 어둡고 너무 춥고 너무 늦었다는 느낌이 들어 다시 옷을 입었다.

"내 속옷 어딨어?" 샐리가 물었다.

벤은 어깨를 으쓱했다. 피곤했고, 조금 전 경험에 여전히 압도당한 상태였다.

"속옷 입어야 해." 샐리가 말했다.

샐리는 벤에게 침대를 좀 밀라고 하고는 아래와 뒤를 찾아보다 점차 이성을 잃기 시작했다. 벤은 화가 나서 "빌어먹을, 흥분 좀 가라앉혀"라고 말했다. 샐리는 침대에 들어가 자보려 했지만, 어느 시점에선가 한밤중에 잠옷 아래 아무것도 입지 않은 채 손가락의 흔적을 품고 있다는 느낌을 더는 견딜 수가 없었다. 샐리는 벤이 잠든 뒤에 속옷을 찾으러 위층으로 올라갔다.

어두운 복도 끝에서 안정적으로 울리는 아빠의 코고는 소리가 들려왔다. 아빠의 깊고 거친 숨소리가 자석처럼 샐리를 자기 방 쪽으로 끌어당겼다.

샐리는 방에 들어가기 전에 손을 뻗어 불을 켰다. 속옷 서랍을 열자 나무 삐걱이는 소리가 너무 크게 나는 바람에 엄마가 깼다.

"뭐 하니?" 옆방에서 엄마가 졸린 목소리로 물었다.

"뭐 좀 가지러 왔어요." 샐리가 말했다.

"가서 자라." 엄마는 잠든 상태로 낼 수 있는 가장 화난 목소리로 말했다.

샐리는 환하게 불을 밝힌 방 한가운데에 서서 속옷을 입었다. 자기 방에서, 빛 속에서, 허리와 다리에 고무줄을 두르고 가랑이에 두꺼운 면을 대 담요처럼 몸과 손가락 흔적을 덮자 보호받는 느낌이 들었다. 기분이 나아졌다.

샐리는 서 있었다. 옆방에 부모님이 있어 안전한 자기 방에 서 있는 어린아이. 샐리가 원하는 것은 오로지 자기 방에서 자기 침대로 기어 들어가 곰인형을 꼭 끌어안고 다음 날 아침에 엄마가 와서 이마에 입을 맞추고 또 맞추며 깨울 때까지 자는 것뿐이었다.

"아래층으로 돌아가렴." 엄마가 말했다.

샐리는 속옷 서랍을 반쯤 열어둔 채 방을 나섰고, 엄마가 "불 꺼야지"라고 중얼거렸을 때에야 불 끄는 게 생각났다.

복도는 어느 때보다도 어두운 것 같았고, 아무것도 보이지 않았다. 샐리는 잠시 동안 양손으로 벽을 짚고 가만히 서 있었다. 벤은 아래층에서 자고 있었고, 샐리는 벤을 깨우고 싶기도, 깨우고 싶지 않기도 했다. 그러다 잊지 않고 뒷문을 잠갔던가, 아까 그 청년들이나 아니면 그보다 더 나쁜 누군가, 이를테면 보일러실의 남자가 계단이나 지하실에서 기다리다 자기에게 생각할 수도 없는 짓을 하진 않을까 생각했다.

아래층으로 내려가던 샐리는 거실 베이 윈도 앞을 지나다 걸음을 멈추고 밖을 내다봤다. 진입로 끝에 있는 가로등이 영화촬영장처럼 거리를 비췄다. 바깥에서 뭔가가 빨갛게 반짝였다. 샐리는 유리에 얼굴을 붙이고 벤과 같이 뒷숲에 숨어 불을 피우던 바로 그 집 앞에서 조용히 번쩍이는 빨간 불빛을 보았다. 그 빨간 불빛은 경찰차 위에서 번쩍였고, 샐리는 아까 불을 제대로 끄지 않았나보다고 생각했다. 아직도 불이 뒷마당에서 타고 있다고, 숲이 바비큐처럼 붉은 깜부기불에 타들어간다고 생각했다. 그 집 사람들이 불을 피우는 벤과 자신을 보았거나, 아니면 밤에 벌거벗고 밖에 나간 모습을 보고 경찰에 신고했을지 모른다고 생각했다.

샐리는 베이 윈도에 달라붙어 밖을 내다보았다. 다른 경찰차 한 대가 천천히 그 블록을 따라 내려오면서 후드에 달린 새하얀 탐조등으로 집들을 훑었다. 탐조등은 손전등처럼 주의 깊게 모든 집 앞을 살피더니 다른 경찰차 쪽으로 방향을 돌렸다. 샐리는 경찰관과, 경찰차에 기대선 키 큰 두 형체와, 바닥에 놓인 텔레비전과 가방, 그리고 밤이라 잘 보이지 않는 다른 물건들을 보았다.

탐조등이 다시 한 바퀴를 돌았고, 샐리는 그 불빛이 자기를 쓸고 지나가는 것을 느꼈다. 잠옷 위로 그 불빛을 느꼈다. 가랑이 속에 들어왔던 손가락과 그 손가락을 찾는 불빛을 느낄 수 있었다. 샐리는 불빛이 어두운 거실에 선 자기를 붙잡았다고 느꼈다. 불빛이 다시 스쳐 지나가자 샐리는 빛을 피해, 빛에 앞서서 아래층으로 달려갔다. 계단 하나하나를 세게 디디는 샐리의 발소리에 집 안 사람들은 몸을 한 번 뒤척이고는 다시 편안한 잠에 빠져들었다.

'그것'의 '나'

The I of It

나는 벌거벗고 부엌 의자에 앉아 '그것'을 응시한다. 청바지와 속옷은 발목에 걸려 있다. 나는 욕실에서 여기까지, 족쇄라도 찬 것처럼 발을 질질 끌며 걸어왔다.

끔찍한 한 주였다. 나는 의사들을 찾아다녔다. 지금은 저녁이고, 나는 식탁 앞에 앉아 '그것'을 내려다본다. 아이를 심하게 학대하는 부모가 화를 낼 때 하는 말처럼 '그것'이 확 떨어져버렸으면 하는 마음도 든다. '그것'이 이불 밑에 얌전히 놓인 모습을 발견하거나 침대 끝으로 밀려 내려가 내 발목을 건드리는 모습을 본다면 사랑스러운 마음으로, 갈망하는 마음으로 집어들 수 있으련만. 눈높이로 들어올려 '그것'이 받아 마땅한 정밀 검사를 해줄 수 있으련만. 모든 각도에서 감탄하며 바라본 다음 옷장 서랍에 넣어 간직하련만.

나는 일찍이 내 몸의 이 부분을 발견하고, 어머니나 누이들에겐 없는 무엇인가라는 걸 알게 된 때의 기억을 간직하고 있다. 나는 내 '그것'이 집안에서 유일하다는 사실을 알고, 그 힘에 탄복하고, 그게 모두에게 얼마나 큰 의미를 지니는 듯 보이는가를 즐기면서 '그것'을 가지고 놀았다. 가족들은 욕조에서 나를 꺼낼 때 눈길을 피하는 태도부터 긴 자동차여행에서 차를 세웠을 때 고속도로에 서서 바람결에 춤추는 가느다란 노란색 물줄기를 뿌리는 나를 창밖으로 내다보는 시선에 이르기까지, 이런저런 방식으로 그 존재를 평했다.

이 수컷의 그루터기는 나를 여자들의 집에서 특별한 존재로 만들어주었다. 바로 그 집에서 나를 가장 안심시켜주는 무엇이었다. 내가 그들과 결코 같을 수 없음을 알게 해주었기 때문이다.

손가락으로 '그것'의 끄트머리를 만지작거리면 따뜻한 기운이 몸에 가득해진다는 사실을 알아차렸을 땐 친구가 생긴 기분이었지. 나는 '그것'을 살짝 앞세우고, '그것'의 자신감을 함께 나누며 학교를 오가고 우리 집 계단을 시끄럽게 오르내렸다.

나는 아름다운 소년이었다. 사람들이 그렇게 말했다. 교복을 입고 거울 앞에 서면 그다지 특별해 보이지 않았다. 머리 모양은 끔찍했고, 귀는 수화기처럼 튀어나왔고, 푸른 눈은 웃으면 완전히 사라지다시피 했다. 그러나 벌거벗고 같은 거울 앞에 서면 나는 내 모습을 보고, 그 놀랍고 변명할 수 없는 남성을 보고 춤을 추었다.

나는 아름답거나 선해지고 싶은 욕망이 없었다. 어쩐지 그게 자연스럽게 여겨지지 않았기 때문이다. 나는 악해지고 싶었다. 못되

게 굴고 싶었다. 나 자신에게 갑자기 가족의 사랑을 잃어도 견딜 수 있다는 사실을 증명하고 싶었다. 끔찍하고 소름 끼치는 짓을 하고 싶었고, 그러고 나선 나는 남자애니까, 남자애는 다 그런 법이고 특히 아버지 없는 아이는 그러기 마련이니까라는 간단한 변명으로 빠져나가고 싶었다. 나에겐 다른 사람에게 겁을 주고 싶다는 비밀스러운 욕망이 있었다. 그러나 나는 곧은 금발에 새 카키 바지를 입고 흰 양말과 갈색 구두를 신은 분홍빛 살결의 영원한 아이였다.

내가 진정으로 두려워한 것은 오직 남성뿐이었다. 아버지도, 형제도, 삼촌도 없이 자란 나에게 남자란 낯설기만 했고, 벗은 남자도 공중목욕탕이나 공중화장실에서 우연히 볼 수 있을 뿐이었다. 그들은 유별나게 긴 지퍼 뒤에, 괴물쇼에서 돈을 내고 한 번, 딱 한 번밖에 볼 수 없는 괴물처럼 숨어 있었다. 우아하지 못한 부분은 길게 늘어졌고, 세상이 그런 괴물을 보지 못하도록 보호하듯 빽빽하게 감겨 들어간 털 속에 묻혀 있었다. 나는 나이를 먹으면서 무서워했던 것을 즐기는 방법을 익혔다.

나는 속옷을 입지 않았다. 내 남성은 벌거벗은 채 청바지 안에서 파란 데님을 하얗게 문질렀다. 나는 저녁마다 나가 남자들 사이를 배회하며 나 자신을 전시하고, 과시하고, 사냥을 했다. 나는 모두가 원하는 대상이었다. 하얗고 깨끗한, 영원한 소년이었다. 그들은 복수라도 하듯 나를 망치고 싶어했다. 나는 손에 닿지 않는 존재 같은 인상을 주었지만, 실상은 누구나 나를 가질 수 있었다. 나는 못생긴 남자가 좋았다. 파트너를 잡고 도시도*를 추어라.

파트너를 바꿔라. 나는 수없이 많은 이들에게 입을 맞췄다. 나를 그들에게 열었고 그들을 나에게 열었다. 벌거벗다시피 한 채 '그것'을 앞세우고 거리를 걸었다. 그거야말로 스스로를 사랑하고 그 감정 자체를 다시 사랑하는, 순수한 사랑이었다.

나는 놀랍고도 즐겁게 삶을 만끽했다. 식품점이나 빨래방에서조차 누군가의 눈길이 나를 훑고 머무는 걸 느낄 때면 기분이 들떴고, 무엇이든 할 수 있었다. 매 시간 감각적인 순간이, 낭만적인 가능성이 나를 붙잡았다. 다들 나를 보며 미소 짓고 나를 보살펴주었다. 혈연관계가 아닌 이들에게, 나라는 사람이 아무 의미를 갖지 못하는 이들에게 귀중한 취급을 받는다는 것은 찬사 중의 찬사였다.

길가 카페에 앉아 점심을 먹고 있으면, 모르는 남자들이 몸을 굽히고 입을 맞춰왔다. 나는 마주 입을 맞추고 만나서 반갑다고 속삭였다. 점심식사를 같이하던 데이트 상대가 누구였냐고 물으면 그냥 웃기만 했다.

유명인이 된 기분이었다. 모든 꿈을 이룰 수 있을 듯했다. 다시는 두려움에 떨 일이 없을 것만 같았다. 행복했다. 그렇게 기억한다.

나는 '그것'을 내려다보고 울기 시작한다. 무슨 일이 일어났는지, 왜 이렇게 되었는지 이해할 수 없다. 스스로에게 질렸다 해도 이렇게까지 혐오감을 일으키다니 견딜 수가 없다. 저건 나야, 나

* 두 사람이 마주 본 상태로 오른쪽 어깨를 스치며 앞으로 나갔다가 왼쪽 어깨를 스치며 뒤로 돌아오는 춤.

는 스스로에게 말한다. 저건 나야. 마치 익숙하면 편안해야 한다는 듯.

나는 완전히 낯선 남자들을 만나던 때를 기억한다. 우리의 은밀한 부분은 마치 주인이 고개를 돌린 사이 서로를 킁킁거리는 개줄에 묶인 개들처럼 서로를 탐색했다. 나는 아직 기억한다. 그후에 한 남자를 만나고, 그 남자를 바라보고, 이어지는 날과 달 동안 그만을 바라보며 매번 사랑했던 때를 기억한다.

내 몸이나 다른 누군가의 몸을 만질까 두려워 고무장갑이라도 껴야 할 것 같다. 이토록 자신이 위험하게 느껴진 적이 없다. 나는 울고, '그것'을 무서워한다.

어떤 친구가 나에게 서로의 기분을 좋게, 더 희망차게 만들어주고 몸을 긍정하게 해주는 남자들의 모임에 대해 이야기해주었다.

나는 접이식 의자에 앉은 남자로 가득 찬 방을 그려본다. 시작은 처음 온 사람을 환영하는 모임 같다. 그들은 방 안을 돌아다니며 성이 아닌 이름으로 서로를 부른다. 잠시 대화를 나눈 뒤 마침내, 대화는 의무적인 시작 기도이며 뒤따를 일에 대한 경고, 마술의 시작을 알리는 신호였다는 듯 다들 천천히 옷을 벗는다. 먼저 스웨터와 구두를 벗은 그들은 말없이 일어서서 바지를 바닥에 떨어뜨린다. 벌거벗은 남자와 접이식 의자로 이루어진 원, 흥미진진한 광경이다. 할 수 있는 이들은 포기하지 않고 허공에 독을 쏘아낸다. 멋지다. 엄청난 안도감이 흐른다. 남자들이 뭐라고 말을 한다. 그들은 화를 낸다. 원을 이룬 채 마구 섞여 그짓을 하다 무너진다. 나는 언젠가 모임에서 누가 죽을 수도 있을 거라 생각한다. 그 남자는 모임에 왔다가 죽었다. 남자가 쓰러지자 사람들은 그 죽음에서 영감을 얻는다. 다들 죽은 남자를 두고 다시 그짓을 하고, 훨씬 더 기분이 좋아진다.

나는 이제 더는 사랑할 수 없다. 전에 그랬던 것처럼 자신을 지배할 수 없다. 두 번 다시 '그것'이 나를 지배한 것처럼 '그것'을 지배할 수 없다.

나는 아파트 안에서 허공에 대고 비명을 지른다. 일찍이 일어난 그 어떤 일보다 끔찍하다. 화가 난다. 나는 이보다는 나은 대접을 받을 자격이 있다. 나는 착한 소년이다. 진정으로 그렇다. 유감이다. 정말 유감이다.

'그것'을 내려다보면 '그것'도 나를 올려다보는 것 같다. 나는 '그것'이 세상을 원한 데 대해 사과하기를 바란다. 문자 그대로다. 정말 묘하게도 나는 '그것'을 벌하고, '그것'이 비명을 지를 때까지 때리고, 피투성이가 되어 벌벌 떨며 구석에 숨으려 할 때까지 패고 싶은 욕망을 느끼지만, 그럴 수는 없다. 그렇게 빨리 등을 돌릴 수는 없다. 게다가 '그것'은 이미 죽은 듯 창백하고 약해진 모습으로 늘어져 있지 않은가.

나는 병든 남자들, 쪼그라들어 낯선 사람이 되어버린, 병원에서도 집에서도 환영받지 못하는 친구들을 본다. 그들은 생각하지도, 숨 쉬지도 못하는데 그들이 죽음을 향해 굴러가는 동안에도 '그것'만은 1온스도 줄어들지 않고 다리 사이 어둠 속에 얌전히, 누구의 손길도 닿지 않은 채 누워 있다. 진정 인상적인 기념물이자 과거의 기념품이다.

이혼을 요구해야 할까? 나보다 더 남성적인 이 부위가 나를 배신한 적이 있을지도 모른다는 구실로 나로부터 분리를 요구해야 할까. 우리에겐 깊은 우울과 불신 외에 어떤 공통점도 남지 않았다. 나는 제일 친한 친구, 어린 시절부터의 놀이 친구, 나 자신을 잃었다. 가장 깊이 사랑하던 존재를 잃었다. 보상을 받고 싶을 뿐이다.

나는 식탁에 놓인 냅킨을 '그것' 위에 떨어뜨렸다가 마술이라도 부리듯 잽싸게 낚아챘다. 짜잔. 나는 꽃다발이나 흰 토끼라도 나타날 줄 알았다는 듯 사타구니를 내려다본다.

내가 눈을 내리깔고 가만히 서 있는 동안 내 바지를 내렸던 첫 번째 남자를 기억한다. 나는 남자의 손에 잡힌 '그것'을 슬쩍 훔쳐보았다.

"아름답군." 남자는 '그것'을 보물처럼 들어올려 상냥하게 어루만지며 말했다.

나는 청바지를 걷어차 벗어버리고 방에서 방으로 뛰어다닌다. 한때는 그토록 커 보였으나 지금은 왜소해져 내 아파트를 둘러싼 정원으로밖에 보이지 않는 도시를 내다본다. 나는 벌거벗은 채 양손을 유리에 붙이고 창가에 서 있다. 유리에 비친 내 모습이 또렷하다. 자신에게서 도망칠 길은 없다. 유리에 입술을 대고 누른다. 나는 아름다운 소년이다. 남을 받아들일 때면 몸 안에 솟아오르는 친숙한 온기를 느낀다. 내 아파트 맞은편 아파트에서 자기 것에 손을 대고 나를 바라보는 남자가 보인다. 유리 너머 그 남자는 홀

룽해 보인다. 내가 영원히 함께할 수 있는 사람처럼 보인다. 남자가 미소 짓는다. 나는 창을 밀어 열고 허공으로 몸을 내민다. 나는 더이상 안전하지 않다. 창틀을 밟고, 밤을 향해 뛰어오른다.

진짜 인형

A Real Doll

나는 바비와 데이트를 한다. 일주일에 세 번, 동생이 댄스교실에 간 오후에 바비를 켄에게서 떼어낸다. 미래를 위한 연습이다.

처음에 나는 동생 방에 앉아, 서랍장 위에서 레이스 깔개 위에 앉아 켄과 같이 사는 바비를 보고 있었다.

보고 있었다고는 해도 진짜 보고 있던 건 아니었다. 그저 멍하니 눈길만 두고 있다가 갑자기 바비가 나를 바라본다는 사실을 깨달았다.

바비는 켄 옆에 앉아 있었다. 카키 바지에 덮인 켄의 허벅지가 무심히 바비의 맨다리를 문질렀다. 켄이 바비를 문질렀지만, 바비는 계속 나를 바라보았다.

"안녕." 바비가 말했다.

"안녕." 내가 말했다.

"난 바비야." 그 순간 켄이 동작을 멈췄다.

"알아."

"넌 제니의 오빠고."

나는 고개를 끄덕였다. 내 머리가 까딱거리는 꼭두각시 인형처럼 위아래로 재빠르게 움직였다.

"난 제니가 참 좋아. 상냥하거든." 바비가 말했다. "정말 괜찮은 애야. 특히 요즘에는 자기도 예쁘게 가꾸고, 손톱도 칠하기 시작했어."

나는 그 멋쟁이 아가씨가 자꾸만 손톱을 물어뜯어, 웃을 때면 앞니에 묻은 자주색 매니큐어가 보인다는 사실을 바비가 알까 생각했다. 제니퍼가 그렇게 씹은 부분을 자주색 매직펜으로 칠하고, 때때로 그 손가락을 빨기 때문에 혀도 괴상한 자주색이 된다는 사실을 알까 궁금했다.

"있지," 내가 말했다. "잠깐 밖에 나갈래? 신선한 공기도 마시고, 뒷마당을 한 바퀴 돌아보는 건 어때?"

"좋아." 바비가 말했다.

나는 바비의 발을 잡고 들어올렸다. 이상하게 들리겠지만, 허리를 잡기에는 너무 긴장했던 탓이다. 나는 바비의 발목을 잡고 아이스크림 막대기처럼 들어올렸다.

밖으로 나가 나는 요새라고 부르지만 제니퍼와 부모님은 주로 놀이집이라 부르는 베란다에 앉자마자 정신이 없어졌다. 나는 갑자기, 믿기 어렵게도 바비와 같이 나와 있다는 사실을 깨달았다. 무슨 말을 해야 할지 알 수 없었다.

"음, 넌 어떤 종류의 바비니?" 내가 물었다.

"뭐라고?"

"그러니까, 제니퍼한테 들어서 아는데 낮 바비와 밤 바비, 마술 움직임 바비, 선물 주는 바비, 열대 바비, 나의 첫번째 바비 등등이 있잖아."

"난 열대야." 바비는 사람들이 가톨릭이나 유대교라고 말하듯 '열대'라고 말했다. "원피스 수영복과 빗, 다양한 방법으로 입을 수 있는 주름장식 옷과 함께 왔어." 바비가 끽끽거렸다.

정말로 끽끽거렸다. 알고 보니 그 끽끽 소리는 바비의 타고난 결함이었다. 나는 못 들은 척했다.

우리는 잠시 입을 다물었다. 머리 위 단풍나무에서 바비보다 더 큰 잎사귀가 떨어졌고, 나는 바비가 맞기 직전에 그 잎을 잡았다. 그리고 바비가 "내 목숨을 구했어, 난 영원히 네 거야"라고 끽끽거리길 기대했다. 그러나 바비는 완벽하게 평범한 목소리로 말했다. "우와, 큰 잎이네."

나는 바비를 보았다. 바비의 눈동자는 화창한 날의 바다처럼 반짝이는 파란색이었다. 그녀를 보고, 이내 바비의 눈 위아래 화장이 온 세상을, 우주를 담고 있음을 알아차렸다. 온 은하계가, 구름이, 별이, 태양이, 바다가 그 얼굴에 그려져 있었다. 노랑, 파랑, 분홍, 그리고 헤아릴 수 없이 많은 은색 반짝임.

우리는 앉아서 서로를 바라보았다. 서로 바라보고 대화를 나누다 말을 멈추고 쳐다만 보기를 반복했다. 우리는 끊임없이 쓸데없는 말을 하고 아무 말이나 했다가, 왜 그런 말을 했을까 바로 후회하면서 멈췄다 시작하기를 되풀이했다.

바비는 나를 믿지 않는 게 분명했다. 나는 뭔가 마시겠냐고 물었다.

"다이어트콜라." 바비의 대답을 들으니 왜 물어봤을까 싶었다.

나는 집 안으로 들어가, 위층 부모님 욕실로 가서 약품수납장을 열고 발륨 두 알을 꺼냈다. 바로 한 알을 삼켰다. 내가 차분하고 침착해지면 바비도 내가 자기를 해치지 않으리라는 걸 깨닫겠지. 나는 남은 한 알을 잘게 부숴 몇 조각을 바비의 다이어트콜라에 넣고 휘휘 저어 녹였다. 둘 다 차분하고 침착해지면 바비가 더 빨리 나를 믿을 수 있을 것이다. 나는 사랑과 아무 상관 없는 방식으로 사랑에 빠져 있었다.

"그래서, 너랑 켄은 무슨 사이야?" 나는 바비가 다이어트콜라를 두 잔 마시고, 내가 약품수납장에 한번 더 갔다 온 뒤에 분위기가 느슨해지자 물었다.

바비는 키득거렸다. "아, 우린 그냥 좋은 친구야."

"켄과 진짜 무슨 관계인지 말해도 괜찮아. 그러니까, 그놈이 그거야 아니야?"

"그노미 아니라 그너가야." 바비는 느리고 분명치 않은 발음으로 말했다. 어찌나 취했는지 발륨 중독 측정기가 있다면 녹여버리고도 남을 것 같았다.

나는 세 잔째 콜라는 가져다주지 말걸 그랬다고 후회했다. 바비가 발륨 과다 복용으로 죽기라도 하면 제니퍼가 엄마 아빠한테 고해바칠 게 분명했으니까.

"뭐, 켄이 남자가 아니야?"

바비는 깔깔거렸고, 나는 바비의 뺨을 후려칠 뻔했다. 바비는 내 눈을 똑바로 보고 말했다.

"켄은 날 갈망해. 밤에 내가 집에 오면 켄은 거기 서서 기다리고 있어. 켄이 속옷을 안 입는다는 거 알아? 그러니까 켄에게 속옷이 없는 게 이상하지 않냐고. 제니퍼가 친구한테 하는 말을 들었는데, 켄을 위한 속옷은 아예 만들어진 적이 없대. 어쨌거나, 켄은 늘 서서 기다리고, 난 이렇게 말해. 켄, 우린 친구 사이야. 그게 다야. 있지, 플라스틱을 녹여 켄의 머리카락을 만들었다는 거 눈치챘어? 머리통과 머리카락이 한 덩어리란 말이야. 그런 남자랑 밖에 나갈 순 없어. 게다가 켄은 그걸 하지도 못할 거야. 무슨 말인지 알지…… 켄은 사실 그것을 가졌다고 할 수 없어…… 가진 거라곤 작은 플라스틱 혹밖에 없는데, 정말 혹이라고 할 수밖에 없는 걸 가지고 도대체 뭘 하겠어?"

바비는 내가 듣지 말아야 할 것 같은 말을 했지만, 그래도 나는 바비 쪽으로 몸을 기울였다. 더 가까이 가면 바비가 더 많은 얘기를 해줄 거라는 듯. 나는 한마디 한마디를 듣고 잠시 담아두었다. 언어를 이해하지 못하는 사람처럼 무수한 단어를 머릿속에 담았다. 바비는 계속 지껄였지만 나는 듣고 있지 않았다.

해가 놀이집 뒤편으로 기울었을 무렵, 바비는 몸을 부르르 떨더니 실례한다면서 뒤쪽으로 뛰어가 토했다. 나는 괜찮냐고 물었다. 바비는 괜찮다고, 조금 지쳤을 뿐이라고, 어쩌면 독감 같은 게 오는지도 모르겠다고 대답했다. 나는 씹으라며 껌 반의 반 조각을 건네준 뒤 안으로 데리고 들어갔다.

제니퍼 방으로 돌아가는 길에 나는 바비가 영영 용서하지 않을 만한 짓을 저질렀다. 그 순간을 망쳤을 뿐 아니라 우리가 함께할 미래의 가능성마저 부숴버릴 뻔한 짓이었다.

계단 끝에서 제니퍼 방으로 이어지는 복도에서 나는 바비의 머리를 내 입안에 집어넣었다. 사자와 조련사, 신과 고질라처럼.

바비의 머리를 통째로 입에 넣자 바비의 머리카락이 크리스마스 장식실처럼 가닥가닥 흩어져 내 목구멍에 달라붙었다. 하마터면 숨이 막힐 뻔했다. 나는 겹겹의 레블론, 맥스 팩터, 메이블린 화장품을 맛볼 수 있었다. 바비를 문 채로 입을 다물자 내 안에서 바비의 호흡이 느껴졌다. 목구멍에서 바비가 지르는 비명이 들려왔다. 바비의 하얀 이가, 펄 드롭스*와 펩소던트 치약과 오스먼드 제품 일체가 실수로 깨물 때처럼 내 혀와 뺨 안쪽을 깨물었다. 나는 바비의 목을 지그시 물고 허공에 들었다. 바비의 다리가 내 얼굴 앞에서 헛되이 허공을 걷어찼다.

바비를 꺼내기 전에 나는 목을 가볍게 깨물어, 바비는 '공격으로 인한 흉터'라고 묘사했지만 나는 '신시대 사랑의 목걸이'라고 생각한 자국을 남겼다.

"내 생전에 한 번도, 단 한 번도 이토록 끔찍하게 무시당한 적은 없어." 바비는 내가 꺼내주자마자 말했다.

그건 거짓말이었다. 나는 제니퍼가 가끔 바비에게 하는 짓을 알고 있었다. 하지만 바비가 제니퍼 방의 천장 선풍기에 매달려 가

---

* 치아 미백 제품.

짜 슈퍼맨처럼 커다란 원을 그리며 나는 모습을 본 적이 있다는 말은 하지 않았다.

"겁을 줬다면 미안해."

"겁을 줬다고!" 바비가 끽끽거렸다.

바비는 계속 끽끽거렸다. 풍선에서 바람 빠지는 소리와 배터리가 약한 화재경보기에서 나는 소리가 뒤섞인 듯한 끽끽거림이었다. 바비가 끽끽거리는 동안 '입안에 든 머리 하나가 숲 속에 있는 둘보다 낫다'는 문장이 머릿속에 떠올랐다. 어디에서 들은 말이고, 앞부분이 다른 줄은 알았지만 제대로 생각나지가 않았다. '입안에 든 머리 하나가 숲 속에 있는 둘보다 낫다', 이 말이 지저분한 농담의 한 대목처럼 계속 되풀이되었다.

"겁줬어, 겁줬어, 겁줬어!" 바비는 결국 내가 다시 관심을 보일 때까지 점점 더 크게 끽끽거렸다. "넌 한 번이라도 다른 사람 몸의 어두운 구멍에 갇혀본 적 있어?"

나는 고개를 저었다. 듣기엔 멋진 경험일 것 같은데.

"전형적이야. 놀라울 정도로 전형적인 남자야."

그 말에 나는 잠깐이지만 자부심을 느꼈다.

"왜 하면 안 된다는 걸 아는 짓을 해야 해? 더 나쁜 건 자기만 이해할 수 있는 즐거움이라는 듯 눈을 반짝이며 그런 행동을 한다는 거야. 너흰 다 똑같아. 전부 다 잭 니콜슨이야."

나는 바비가 나를 용서할 때까지, 오직 순수하기 그지없는 감정에서 그랬을 뿐이며 해칠 의도는 조금도 없었다는 것을 이해해줄 때까지 제니퍼 방에 되돌려놓지 않기로 했다.

계단을 오르는 제니퍼의 발소리가 들렸다. 시간이 없었다.

"내가 너한테 정말 관심 있는 거 알지." 나는 바비에게 말했다.

"나도 그래." 바비가 말했고, 순간 바비가 자기 자신에게 관심이 있다는 것인지, 아니면 나에게라는 건지 헷갈렸다.

"또 놀자." 내 말에 바비는 고개를 끄덕였다.

나는 몸을 굽혀 바비에게 입을 맞췄다. 바비를 들어올려 내 입술에 댈 수도 있었지만, 그건 적절치 않다는 느낌이 들었다. 바비에게 입을 맞출 때 처음 입에 닿은 것은 그녀의 코였다. 반갑다고 인사하는 세인트 버나드 개가 된 기분이었다.

최대한 우아하게 하려고 했음에도 나는 바비의 얼굴에 침을 묻힐 수밖에 없었다. 내 혀를 그녀의 귀에 밀어넣느냐 목구멍 안에 밀어넣느냐는 문제가 아니었다. 문자 그대로 바비를 질식시키지 않기 위해 애써야 했다. 나는 켄에게 등을 돌리고 바비에게 입을 맞춘 다음 돌아서서 레이스 깔개 위에, 켄 바로 옆에 그녀를 앉혔다. 켄 위로 떨어뜨려 짓뭉개고 싶은 유혹을 느꼈지만 가까스로 참았다.

"재미있었어." 바비가 말했다. 복도를 걸어오는 제니퍼의 발소리가 들렸다.

"나중에 또." 나는 말했다.

제니퍼가 방에 들어와 나를 보았다.

"뭐?" 내가 말했다.

"여긴 내 방이야." 제니퍼가 말했다.

"벌이 들어와서 잡고 있었어."

"벌이라니. 난 벌 알레르기가 있는데. 엄마, 엄마!" 제니퍼가 비명을 질렀다. "벌이야!"

"엄마는 집에 없어. 벌은 내가 잡았고."

"하지만 또 있을지도 모르잖아."

"그럼 날 불러. 내가 잡아줄게."

"하지만 벌에 쏘이면 난 죽을지도 몰라." 나는 어깨를 으쓱하고 걸어나갔다. 내 뒷모습을 지켜보는 바비의 시선을 느낄 수 있었다.

다음 금요일에는 바비를 데리러 가기 이십 분 전에 발륨을 한 알 삼켰다. 덕분에 제니퍼 방에 들어갔을 때는 모든 것이 수월하게 느껴졌다.

"여어." 나는 서랍장으로 다가가며 말했다.

그녀는 레이스 깔개 위에 켄과 같이 앉아 있었다. 켄과 등을 맞대고 서로에게 기대 다리를 뻗은 채로.

켄은 나를 쳐다보지 않았다. 나도 신경 쓰지 않았다.

"갈 준비 됐어?" 내가 묻자 바비는 고개를 끄덕였다. "목이 마를지도 모른다는 생각이 들어서." 나는 미리 만들어온 다이어트콜라를 내밀었다.

나는 바비가 완전히 넋을 잃지 않으려면 발륨을 8분의 1 조각 이하로 먹어야 한다고 판단했다. 하지만 발륨 한 알을 그보다 더 작게 쪼갤 방법이 없었기 때문에 부스러기를 녹여서 줘야 했다.

바비는 콜라를 받아들고 켄 앞에서 바로 마셨다. 나는 아빠가 노크도 없이 내 방에 들어왔을 때 내가 펄쩍 뛰어오르면 던지는 것 같은 '네가 뭘 하는지 알아, 마음에 안 들어' 눈빛을 켄이 던지길 기다렸다.

켄은 내가 그 자리에 있는 줄도 모른다는 듯 행동했다. 나는 켄이 싫었다.

"오늘 오후엔 많이 못 걸어." 바비가 말했다.

나는 고개를 끄덕였다. 어차피 내가 주로 그녀를 들고 다닐 테니 대단한 문제도 아니었다.

"발이 아파 죽겠어." 바비가 말했다.

나는 켄에 대해 생각했다.

"다른 신발은 없어?"

우리 가족은 신발에 신경을 많이 썼다. 아빠는 무엇이든 잘못 돌아간다 싶으면 다른 신발을 신으라고, 그러면 괜찮아질 거라고 말했다. 아빠는 타이어와 마찬가지로 신발도 교체해야 한다고 믿었다.

"신발 탓이 아니야. 발가락 때문이지."

"발에 뭐 떨어뜨렸어?" 발륨이 효과가 없었다. 잡담을 나누는데 문제가 있었다. 한 알 더 먹어야 했다.

"제니퍼가 씹었어."

"뭐라고?"

"내 발가락을 씹었다고."

"제니퍼가 네 발을 씹게 놔뒀어?"

나는 바비가 하는 말을 이해할 수 없었다. 나는 대화를 할 수 없다는 사실에 대해 생각했다. 발륨 한 알이나 두 알, 노란색 자양강

장제가 필요했다.

"그게 좋아?" 내가 물었다.

"말 그대로 내 발을 씹었다니까. 내가 스테이크라도 되는 것처럼. 그냥 물고만 있어도 좋겠어. 이건 영원히 계속될 거야. 날 갉아먹듯이 씹고 또 씹는다니까."

"내가 그만두게 할게. 껌이나 담배나, 씹을 만한 연필을 사다주거나……"

"제발 아무 말 하지 마. 그럴 것 같으면 너한테 말하지 않았을 거야."

"하지만 제니퍼 때문에 아프잖아."

"이건 제니퍼와 내 문제야."

"제니퍼가 어디에서 멈출 것 같은데?"

"발바닥 중간에서 멈췄으면 좋겠어. 거긴 뼈가 있거든. 부드러운 부분을 다 씹어버렸다는 걸 깨달으면 멈추겠지."

"넌 어떻게 걷고?"

"난 발이 길어."

나는 양손으로 턱을 괴고 제니퍼의 침대 끝에 걸터앉았다. 제니퍼는 바비의 발을 씹어 먹는데 바비는 신경 쓰지 않는 것 같았다. 화도 내지 않았다. 어떤 면에서는 그 점 때문에 그녀가 좋았다. 바비가 우리 모두에게 자신은 정상이라 생각하지만 큰 소리로 언급하지는 않는 게 좋은 비밀스러운 습관이 있다는 걸 이해한다는 사실이 좋았다. 나는 그 사실을 이용해 할 수 있을 법한 일들을 상상하기 시작했다.

"여기에서 데리고 나가줘." 바비가 말했다. 나는 바비의 신발을 벗겼다. 누군가 물어뜯은 흔적이 확연했다. 왼쪽 발가락은 겨우 붙어 있었고, 오른쪽은 절반이 떨어져 나갔다. 발목까지 잇자국이 있었다. "이 얘긴 하지 말자." 바비가 말했다.

나는 바비를 들어올렸다. 그러자 켄이 뒤로 넘어졌고, 바비는 나가기 전에 켄을 바로 앉히라고 했다. "혹밖에 없다고 막 다뤄도 되는 건 아니야." 바비가 속삭였다.

나는 켄을 바로 앉히고 바비를 내 방으로 데려갔다. 그리고 고개를 젖힌 다음 바비를 위로 들어올려 그녀의 발을 입안에 넣었다. 데뷔를 준비하는 젊은 칼 삼키기 곡예사가 된 기분이었다. 나는 바비의 발과 다리를 입안에 넣고 빨았다. 제니퍼와 흙과 플라스틱 냄새가 났다. 내가 씹힌 부분을 빨자 그녀는 기분이 좋다고 말했다.

"뜨거운 물보다 네가 나아." 바비가 말했다. 나는 그녀를 베개 위에 놓아두고 아래층에 내려가 각자 마실 음료수를 가져왔다.

우리는 침대에 누웠다. 서로를 향해 몸을 말고서. 나는 옆으로 누워 베개 위에 누운 바비를 보았다. 바비는 남자에 대해 이야기했고, 나는 들으면서 바비가 말하는 모든 면을 갖추려고 노력했다. 그녀는 스스로를 두려워하는 남자는 싫다고 했다. 나는 용감해지려고, 용기 있고 안전한 남자로 보이려고 노력했다. 특정한 방식으로 고개를 들면 그래 보이는 것도 같았다. 그녀는 여성성을 두려워하는 남자도 싫다고 했고, 나는 혼란에 빠졌다.

"남자는 늘 자기가 진짜 남자라는 걸 증명해야 해." 바비가 말했다.

나는 치마를 입고, 손톱을 칠하고, 화장을 하고, 앞으로 오십 년은 필요 없을 텐데도 브래지어까지 하면서 여자이려고 노력하는 제니퍼를 생각했다.

"켄이 놀림감이 되는 건 모든 면이 있는 그대로이기 때문이야. 켄은 아무것도 숨기지 않아."

"숨길 게 뭐 있어. 플라스틱을 녹여 만든 머리에, 성기 대신 혹밖에 없는데." 내가 말했다.

"너한테 그 혹 얘긴 하지 말 걸 그랬어."

나는 침대에 똑바로 누웠다. 바비가 몸을 굴려 베개에서 벗어나더니 내 가슴 위로 올라왔다. 그녀는 내 젖꼭지에서 배꼽까지 길이였다. 그녀의 손이 내 몸을 누르고 간질였다.

"바비." 내가 말했다.

"음흠."

"날 어떻게 생각해?"

바비는 잠시 말이 없었다. "걱정하지 마." 그러더니 내 셔츠 단추 사이로 손을 넣었다.

그녀의 손가락은 교묘한 고대 고문에 사용된 이쑤시개 끝 같았다. 내 가슴팍에서 소년의 죽음이라는 춤이 이어졌다. 바비는 한꺼번에 약을 심하게 맞은 벌레처럼 내 몸 위를 헤집고 기어다녔다.

나는 옷 아래에서, 피부 아래에서 점점 미쳐갔다. 속옷이 답답하게 조여왔지만, 손으로 그걸 풀어주자면 달갑지 않은 관심을 끌 수밖에 없었다.

나는 바비를 셔츠 안에 둔 채 도킹하는 우주왕복선처럼 천천히 몸을 굴렸다. 몸을 굴려 엎드린 뒤 바비를 내 아래에 가뒀다. 나는 가능한 한 느리고 조심스럽게 침대에 몸을 비볐다. 처음에는 이러면 좀 풀릴지 모른다는 희망으로, 그다음에는 쾌락과 고통의 원리에 사로잡혀 몇 번이고 반복해서.

"이거 물침대니?" 바비가 물었다.

나는 바비의 가슴에 손을 올렸다. 사실 집게손가락만이었지만. 내가 만지자 바비는 짧게 숨을 들이켰다. 끽끽거리는 소리를 뒤집어놓은 듯한 소리였다. 그녀는 뒤집힌 끽끽 소리를 내다 멈췄고, 나는 '가진다'와 '못 가진다' 사이, 좋은 남자와 나쁜 남자 사이, 남자와 짐승 사이의 선을 영원히 넘고 있으며 도저히 자제할 수 없다는 생각을 하며 그녀에게 손을 올린 채 옴짝달싹 못했다.

바비는 내 사타구니에 인간은 불가능한 자세로, 즉 다리를 뒤로 꺾고 앉아 있었다.

어느 시점엔가 나는 스스로를 풀어줘야 했다. 내 거시기가 푸르뎅뎅해졌다면 그건 질식했기 때문일 것이다. 내가 체면을 세워주자 리처드*는 최고의 경비체제에서 탈출한 죄수처럼 맹렬히 뛰쳐나왔다.

"이렇게 큰 건 본 적이 없어." 바비가 말했다. 내가 꿈꾸던 말이었지만, 혹만 있는 청년을 비롯해 바비가 보통 어떤 사람들과 어울리는지 생각하면 놀랄 일도 아니었다. 바비는 내 거시기 아래쪽

* 성기를 가리키는 속어.

에, 내 음모에 맨발을 묻고 서 있었다. 내 거시기는 바비만큼이나 컸다. 흠, 물론 그 정도로 크지는 않았지만 어쨌든 비교할 만은 했다. 바비와 리처드는 똑같이 놀란 표정을 짓고 있기도 했다.

그녀는 내 위에 있었고, 나는 그녀 안으로 들어가고 싶어 참을 수가 없었다. 바비를 뒤집고, 죽여도 상관없다는 심정으로 그 위에 올라갔다. 바비의 손이 내 배를 어찌나 세게 파고드는지 맹장 수술이라도 하는 기분이었다.

나는 상위에서 바비의 다리 사이로 들어가려 애쓰다 바비를 두 동강 낼 뻔했다. 그곳에는 아무것도 없었다. 엉덩이 틈으로 여겨지는 작고 가느다란 선 말고는 밀어넣을 공간이 없었다.

나는 가느다란 선을, 다리 뒤쪽을, 다리 사이 공간을 문질렀다. 얼굴을 보지 않고 할 수 있게 바비의 등을 내 쪽으로 돌렸다.

나는 삽시간에 절정에 올랐다. 내 정액이 바비의 온몸에, 온몸으로도 모자라 머리카락에도 약간 묻었다. 나는 바비에게 사정했고, 그건 내가 겪은 가장 끔찍한 경험이었다. 정액은 바비의 몸에 머물지 않았다. 플라스틱에 달라붙지 않았다. 나는 끝냈다. 그녀가 어디에서 왔는지 모른다는 듯 정액에 덮인 바비를 손에 쥐었다.

바비는 "멈추지 마"라고 말했다. 아니, 어쩌면 내가 어디에선가 읽고서 그녀가 말했다고 생각한 건지도 모른다. 이젠 모르겠다. 더는 바비의 목소리를 들을 수 없었다. 바라볼 수조차 없었다. 나는 양말로 몸을 닦고 옷을 입은 다음 바비를 욕실로 데려갔다.

저녁식사 시간, 나는 제니퍼가 참치와 면 캐서롤을 먹는 사이사이 손톱 뿌리 부분을 씹는다는 걸 알아차렸다. 제니퍼에게 이가 나는 거냐고 물었다. 제니퍼는 기침을 하더니 숨이 막혀 컥컥댔다. 손톱 조각, 아니면 캐서롤에서 나온 뭉개진 감자칩, 어쩌면 잇새에 꼈던 바비의 발가락 조각이 목에 걸린 모양이었다. 엄마가 괜찮냐고 물었다.

"뭔가 날카로운 걸 삼켰어." 제니퍼는 여름에 받은 연기 수업의 영향이 뚜렷한 과장된 기침을 내뱉으며 말했다.

"왜 그래?" 내가 물었다.

"넌 끼어들지 마라." 엄마가 말했다.

"물어볼 게 있으면 우리가 물어볼 테니까." 아빠가 말했다.

"괜찮니?" 엄마가 묻자 제니퍼는 고개를 끄덕였다. "새 청바지를 입어보면 어떻겠니. 편한 옷이 별로 없는 것 같던데."

"주제를 바꾸려는 건 아니지만……" 나는 제니퍼가 바비를 산 채로 잡아먹는 사태를 막을 방법을 생각해내려 노력했다.

"난 바지 안 입어요." 제니퍼가 말했다. "바지는 남자애나 입는 거야."

"너희 할머니는 바지를 입으시잖니." 아빠가 말했다.

"할머니는 여자애가 아니잖아요."

아빠는 낄낄거렸다. 정말 짜증나게 낄낄거렸다. 진짜로 짜증나게 낄낄거릴 수 있는 사람은 아빠 말고 본 적이 없었다.

"할머니한테는 그 말 하지 마라." 아빠가 낄낄거리며 말했다.

"안 웃긴데." 내가 말했다.

"어차피 할머니 바지는 고무줄이잖아. 지퍼가 안 달렸어. 지퍼는 페니스가 있는 사람이나 필요한 거야." 제니퍼가 말했다.

"제니퍼, 그쯤 해두렴." 엄마가 말했다.

나는 바비에게 선물을 사주기로 했다. 그녀를 위해서라면 무엇이든 할 이상한 지점까지 와버렸으니까. 나는 버스를 한 번 갈아타고도 1마일을 넘게 걸어야 하는 토이저러스*로 갔다.

바비는 14C 통로에 있었다. 나는 난파선처럼 통로를 떠돌았다. 백만 개의 바비와 그들을 모두 가져야 하는 상황을 상상하면서. 나는 바비에게 하고, 버리고, 바로 새로운 바비를 쥐고, 하고, 내 방구석에 쌓인 바비 더미에 집어던지는 장면을 그려보았다. 끝도 없고 지루한 일이었다. 나는 바비의 노예가 되어가는 내 모습을 보았다. 일 년에 열대 바비가 몇 개나 만들어질까 생각했다. 어지러웠다.

켄, 바비, 스키퍼가 몇 줄이고 몇 줄이고 늘어서 있었다. 놀이시간 바비, 보석의 비밀 켄, '화끈한 로큰롤의 재미와 진짜 춤 동작'이 곁들여진 로커 바비. 나는 마술 움직임 바비를 눈여겨보다 어느새 주의 깊고도 들뜬 눈으로 그녀의 다리가 쫙 펴지는지 살폈다. "스위치를 누르면 움직입니다." 상자에 그렇게 적혀 있었다. 그녀는 내가 설명을 읽는 동안 윙크를 던졌다.

열대 인형이라고는 검은 열대 켄밖에 보이지 않았다. 그냥 봐서는 그 켄이 검다는 걸 알지 못할 것이다. 검은 열대 켄은 보통 흑인 같은 검은 피부가 아니었다. 건포도, 그것도 주름을 다 편 건포

* 대형 종합완구 쇼핑센터.

도 같은 색이었다. 뭉개진 가발 같은 짧은 아프로 스타일 머리가 보호 헬멧처럼 고정되어 있었다. 나는 검은 켄이 실제로 하얀 켄에다 건포도색 플라스틱을 두껍게 발라 만든 건 아닐까 생각했다. 나는 맨 앞줄에 검은 켄 여덟 개를 일렬로 늘어놓았다. 상자의 비닐막 너머에서 켄은 치과대학에 가고 싶다고 말했다. 여덟 개의 검은 켄이 동시에 말했다. 다행히 그들은 같은 순간 같은 말을 했다. 그들은 켄은 치아를 정말 좋아한다고 했다. 그러면서 검은 켄이 웃었다. 바비나 하얀 켄과 똑같이 펄 드롭스, 펩소던트 치약, 오스먼드 제품을 사용한 치아였다. 나는 마텔* 가족은 모두 자기 몸을 정말 아끼는 게 분명하다고 생각했다. 어쩌면 미국에서 실제로 밥을 먹고 나서 늘 양치질을 하고, 자기 전에 또 양치질을 하는 마지막 사람들일지도 모른다고.

나는 바비에게 무엇을 사줘야 할지 몰랐다. 검은 켄은 옷을 사주라고, 모피코트가 좋겠다고 말했다. 나는 정말 특별한 것을 사고 싶었다. 우리 사이를 더 가깝게 만들어줄 멋진 선물을 상상했다.

열대 수영장과 테라스 세트가 있었지만, 그런 선물은 바비에게 향수병을 일으킬지도 몰랐다. 지붕이 뾰족한 나무집과 벽난로, 스노모빌, 썰매가 딸린 완벽한 겨울휴가 세트도 있었다. 나는 바비가 나 없이 켄을 초대해 주말을 보낼지도 모른다고 생각했다. 여섯시 뉴스 세트도 괜찮았지만 바비의 끽끽거리는 목소리로 앵커우먼은 무리일 것 같았다. 운동센터, 소파 겸용 침대와 커피테이

* 바비인형을 만든 회사 이름.

블, 거품욕조, 침실놀이 세트…… 나는 그랜드피아노로 마음을 정했다. 십삼 달러였다. 나는 누구 선물에도 십 달러 이상은 쓰지 않기로 정해놓은 터였다. 그러나 이번에는 아무려면 어떠랴 싶었다. 그랜드피아노를 매일 사는 것도 아니니까.

"이거 싸주세요." 나는 계산대에 가서 말했다.

내 방 창문으로 뒷마당에서 튀튀를 입고 사방을 뛰어다니는 제니퍼가 보였다. 몰래 가서 바비를 데려오는 것은 위험했지만, 말도 하지 않고 계속 그랜드피아노를 옷장 속에 넣어둘 수는 없었다.

"넌 정말 날 좋아하는구나." 바비가 피아노 포장을 겨우 풀고 나서 말했다.

나는 고개를 끄덕였다. 바비는 스키복을 입고 옆구리에 스키를 끼고 있었다. 8월 말이었고, 밖은 27도였다. 바비는 바로 피아노 앞에 앉아 〈젓가락 행진곡〉을 연주했다.

밖에 있는 제니퍼를 보았다. 테라스를 쭉 달려가서 난간 위로 뛰어올랐다가 모빌 주유소의 낡은 간판에 그려진 날아다니는 빨간 말 같은 자세로 뛰어내렸다. 그렇게 한 번 하고, 두번째엔 발이 난간에 걸리면서 가까스로 가장자리를 넘었다. 잠시 후 제니퍼는 절뚝거리면서 집 옆으로 돌아나왔다. 튀튀는 우그러져 지저분했고, 분홍색 타이츠는 양쪽 무릎 부분이 찢어졌다. 나는 피아노 앞에 앉은 바비를 움켜쥐고 제니퍼 방으로 뛰어갔다.

"손을 풀던 참이야. 이것보다 훨씬 잘 칠 수 있어. 정말이야." 바비가 말했다.

제니퍼가 엉엉 울면서 계단을 오르는 소리가 들렸다.

"제니퍼가 와." 나는 바비를 서랍장 위에 올려놓으면서 켄이 없다는 사실을 깨달았다.

"켄은?" 나는 얼른 물었다.

"제니퍼랑 같이 나갔어." 바비가 말했다.

나는 문 앞에서 제니퍼와 마주쳤다. "괜찮아?" 내가 묻자 제니퍼는 더 크게 울었다. "넘어지는 거 봤어."

"왜 안 잡아줬어?" 제니퍼가 말했다.

"넘어질 때?"

제니퍼는 고개를 끄덕이며 나에게 무릎을 보여주었다.

"일단 넘어지기 시작하면 아무도 못 잡아줘." 나는 제니퍼의 튀튀 허리띠에 꽂힌 켄을 보았다.

"보통은 잡아주잖아." 제니퍼가 말했다.

나는 켄을 허리띠에 끼우고 뛰면 위험하다고 말하려 했지만, 이미 울고 있는 사람에게 잘못을 지적하지는 않는 법이다.

나는 제니퍼를 욕실로 데려가 과산화수소수를 꺼냈다. 나는 응급처치 전문가였다. 심폐소생술을 연습할 수 있게 누군가가 심장마비를 일으키길 기다리며 어정거리는 그런 부류였다.

"앉아." 내가 말했다.

제니퍼는 뚜껑을 닫지 않고 좌변기에 앉았다. 켄이 몸을 찌르자 제니퍼는 켄을 빼내는 대신 편하게 앉아보려고 꿈틀거렸다. 달리 어떻게 할지 모르는 것 같았다. 내가 대신 켄을 빼냈다. 제니퍼는 수술이라도 하는 것처럼 나를 지켜보았다.

"켄은 내 거야." 제니퍼가 말했다.

"타이츠 벗어." 내가 말했다.

"싫어."

"찢어졌잖아. 벗어."

제니퍼는 발레 신발을 벗고 타이츠를 내렸다. 슈퍼히어로가 그려진 내 낡은 속옷을 입고 있었다. 지저분하게 우그러진 튀튀 밑에서 스파이더맨과 슈퍼맨과 배트맨이 밖을 내다보았다. 나는 아무 말 하지 않기로 했지만, 속이 평평한 남자 속옷을 보니 재미있었다. 문득 회사에서 켄의 속옷을 만들지 않은 이유가 그래봐야 이상해 보일 것을 알기 때문이라는 생각이 들었다.

나는 피 묻은 무릎에 과산화수소수를 부었다. 제니퍼는 내 귓가에 대고 비명을 지르더니 몸을 굽히고 자주색 손가락을 찢어진 살갗에 대고는 직접 무릎을 살폈다. 튀튀에 주름이 잡히면서 얼굴을 쓸었다. 나는 계속 무릎을 치료하며 작은 돌 조각과 풀잎을 떼어냈다.

제니퍼는 다시 울기 시작했다.

"괜찮아. 안 죽어." 제니퍼는 내 말에 아랑곳하지 않았다. "뭐 필요한 거 있어?" 나는 친절하게 굴어보려고 물었다.

"바비." 제니퍼가 말했다.

공공연히 바비를 들고 다니기는 처음이었다. 나는 처음 본다는 듯 바비를 들어올려 제니퍼에게 건넸고, 제니퍼는 바비의 머리채를 잡았다. 조심해서 잡으라고 하고 싶었지만, 그럴 수가 없었다. 바비는 나를 쳐다보았고, 나는 어깨를 으쓱했다. 그리고 아래층에 내려가 특제 다이어트콜라를 만들었다.

"마셔." 나는 제니퍼에게 건네며 말했다. 제니퍼는 벌컥벌컥 네 모금을 들이켰고, 그 즉시 나는 발륨 한 알을 통째로 넣은 것에 죄책감을 느꼈다.

"바비한테도 좀 주지그래. 바비도 목이 마를 텐데."

바비는 내게 눈을 찡긋했다. 그 순간 나는 바비를 죽이고 싶었다. 우선은 제니퍼 앞에서 그런 짓을 했기 때문이고, 둘째는 자기가 뭣 때문에 눈을 찡긋하는지 몰랐기 때문이다.

나는 방에 들어가 피아노를 치웠다. 피아노를 상자에 다시 넣어두는 한은 안전할 터였다. 누군가 발견하면 제니퍼에게 줄 선물이라고 말하면 되니까.

수요일, 켄과 바비의 머리통이 바뀌어 있었다. 바비를 데리러 갔더니 서랍장 위에 바비와 켄 비슷한 것이 앉아 있었다. 바비의 머리는 켄의 몸 위에, 켄의 머리는 바비의 몸에 붙어 있었다. 처음에는 나만 그렇게 생각하나 했다.

"안녕." 바비의 머리가 말했다.

나는 대꾸할 수 없었다. 바비는 켄의 몸에 붙어 있었고, 나는 켄을 완전히 새로운 눈으로 바라보았다.

내가 바비 머리/켄을 집어들자마자 바비의 머리가 툭 떨어졌다. 바비의 머리는 서랍장 위를 굴러 하얀 레이스 깔개에서 벗어나더니, 제니퍼가 수집한 작은 도자기 고양이들을 지나 바닥으로 떨어졌다. 나는 바비의 머리가 데굴데굴 굴러 서랍장 위에서 떨어지기 직전에 다다랐다가 떨어지는 모든 과정을 보았지만 막을 방법이 없었다. 그저 왼손에 켄의 머리 없는 몸을 쥔 채 마비된 듯 꼼짝도 하지 못했다.

바비의 머리는 눈밭의 천사 날개처럼 머리카락을 사방으로 펼친 채 바닥에 놓였고, 나는 피를, 넓고 진득한 피웅덩이 아니면 최소한 귀와 코와 입에서 조금 흘러나온 피라도 보게 되기를 기대했다. 바닥에 놓인 바비의 머리를 보았지만, 우주가 담긴 듯한 눈으로 나를 올려다보는 바비 외에는 아무것도 보이지 않았다. 나는 바비가 죽었다고 생각했다.

"맙소사, 아파라. 안 그래도 이 귀고리 때문에 머리가 아팠는데."

바비의 귀에 빨간색 점 혹은 공 같은 귀고리가 튀어나와 있었다.

"이게 내 머리통을 꿰뚫고 있어. 익숙해지려면 시간이 걸리겠어." 바비가 말했다.

나는 다른 바비/켄, 그러니까 바비의 몸에 켄의 머리 옆에 엄마의 핀꽂이가 놓인 걸 보았다. 핀꽂이에는 평평한 은색 핀부터 빨간색, 노란색, 파란색으로 둥글게 끝을 만든 핀까지 빽빽하게 꽂혀 있었다.

"너 머리에 핀을 꽂았구나." 나는 바닥에 놓인 바비 머리에게 말했다.

"그거 칭찬이니?"

바비가 싫어지기 시작했다. 이렇게 분명히 말했는데도 못 알아듣다니.

나는 켄을 보았다. 내 왼손 안에 있는 켄을. 내 주먹이 켄의 허리를 감쌌다. 나는 켄을 보고, 내 엄지손가락이 켄의 혹에 닿아 있음을 깨달았다. 내 엄지가 켄의 사타구니를 누르고 있다는 사실을 알아차리자마자 나는 발기했다. 저도 모르게 반응해버렸더라는, 딱 그런 상태였다. 나는 켄의 혹을 문지르면서 커다란 포르노영화 투사기라도 보듯 내 엄지를 바라보았다.

"뭐 하는 거니?" 바비의 머리가 말했다. "날 일으켜줘. 도와줘." 나는 켄의 수영복 안으로 손가락을 넣어 혹/성기를 문질렀다. 여동생의 방 한가운데에서 바지를 내리고 선 채로.

"나 안 도와줄 거야?" 바비가 계속 물었다. "도와주지 않을 거야?"

나는 사정하기 직전에 켄의 머리 구멍을 내 앞에 들었다. 켄을 거꾸로 들고 내 성기에 씌워, 바비에게는 결코 할 수 없었던 방식으로 켄 안에서 절정을 느꼈다.

나는 켄의 몸 안에 사정했고, 그러자마자 다시 하고 싶어졌다. 켄의 몸속을 가득 채운 다음 향수병처럼 머리통을 다시 끼우고 싶었다. 켄이 내 비밀 양식을 위한 그릇이 되어주길 원했다. 나는 켄 안에 사정했고, 그다음에야 켄이 내 것이 아님을 기억했다. 그는 내 것이 아니었다. 나는 켄을 욕실로 들고 가서 따뜻한 물에 아이보리 세정제를 풀고는 담갔다. 제니퍼의 칫솔로 켄의 안을 닦고 차가운 물로 헹군 뒤 물에 담가두었다.

"날 도와주지 않을 거니, 않을 거니?" 바비는 계속 물었다.

바비가 사고로 뇌손상을 입은 게 아닌가 싶어졌다. 나는 바비의 머리를 집었다.

"왜 이렇게 오래 걸렸니?" 바비가 물었다.

"켄을 돌봐야 했어."

"켄은 무사해?"

"괜찮을 거야. 욕실에서 목욕 중이야." 나는 바비의 머리를 손으로 받쳤다.

"이제 어떻게 할 거야?"

"무슨 뜻이야?" 내가 반문했다.

조금 전의 작은 사건, 켄과의 순간이 바로 그 자리 그 순간에 미래의 내 삶을 이반으로 결정해야 한다는 의미였을까?

"오늘 오후 말이야. 뭘 하지? 뭘 하지? 네가 안 보일 때면 보고 싶어." 바비가 말했다.

"매일 보잖아."

"정말로 보는 건 아니지. 난 서랍장 위에 앉아 있고 네가 지나가면 볼 수 있을 뿐이잖아. 네 방에 데려가줘."

"켄의 몸을 다시 가져와야 해."

나는 욕실에 들어가 켄을 헹구고, 엄마의 드라이어로 말린 다음 다시 한번 가지고 놀았다. 그건 남자애의 놀이였다. 우리는 둘 다 남자였다. 나는 가끔 켄과 공놀이를 할 수도 있을 거라고, 바비 대신 켄을 데리고 나갈 수도 있으리라고 생각했다.

"뭘 하든 오래 걸리네." 방으로 돌아가자 바비가 말했다.

나는 켄을 서랍장 위에 놓고, 바비의 몸에서 켄의 머리를 떼어낸 다음 바비의 머리를 그 빌어먹을 목에 다시 틀어박았다.

"너랑 싸우고 싶지 않아." 내 방으로 데려가자 바비가 말했다.

"우린 싸울 만큼 많은 시간을 같이 보내지 않으니까. 박아줘."

마음에 들지 않았다. 나는 켄과의 섹스와 켄은 남자라는 사실에 대해 생각했다. 바비에 대해, 바비가 여자라는 사실에 대해 생각했다. 바비와 켄의 머리를 바꿔놓고, 바비의 발을 씹어 먹고, 바비를 천장 선풍기에 매달아놓고, 또 무슨 짓을 할지 알 수 없는 제니퍼에 대해 생각했다.

"박아줘." 바비가 다시 말했다.

나는 바비의 옷을 잡아 찢었다. 제니퍼가 바비의 다리 사이에 음모를 그려놓았다. 거꾸로 그려서 크게 호선을 그리며 튀어오르는 분수처럼 보였다. 나는 바비에게 침을 뱉고 엄지과 검지로 잉크 자국을 문질러 지웠다. 바비가 신음했다.

"왜 이런 짓을 하게 놔두는 거야?"

"난 제니퍼 거야." 바비는 너무나 쉽게, 즐겁게 말했다. 나는 질투심에 사로잡혔다. 바비가 제니퍼의 것이라는 사실에 미칠 것만 같았다. 분명히 그것은 여자들 사이에만 존재할 수 있는 관계였다. 제니퍼가 바비를 소유하는 게 전혀 문제되지 않기 때문에 제니퍼는 바비를 가질 수 있다. 제니퍼는 바비를 원하지도 않으면서 가졌다.

"넌 완벽해." 내가 말했다.

"나 살찌나봐." 바비가 말했다.

바비는 내 몸 구석구석을 기어다녔고, 나는 바비가 색정증이라는 사실을 제니퍼가 알까 궁금했다. 제니퍼가 색정증이 무엇인지는 알까도 궁금했다.

"넌 어린 여자애들의 것이 아니야." 내가 말했다.

바비는 나를 무시했다.

바비의 가슴과 배에 생채기가 있었다. 처음에는 바비가 아무 말도 안 했기 때문에 나도 모른 척했다. 바비를 만져보니 생채기가 꽤 깊었다. 가장자리가 우둘투둘했다. 상처에 손가락을 넣으며 나는 물어볼 수밖에 없었다.

"제니퍼 짓이야?" 베인 상처를 혀로 핥으면서 물었다. 마치 내 혀가 사포처럼 상처를 없앨 수 있다는 듯…… 바비는 고개를 끄덕였다.

사실 사포를 쓸까도 싶었지만, 바비에게 어떻게 설명해야 할지 알 수 없었다. 내가 이 시멘트에 적신 수건 같은 물건으로 네 몸을 세게 밀 수 있게 가만히 누워 있어야 해? S&M처럼 꾸미고 수갑을 채우면 바비가 좋아할지 모른다는 생각도 들었다.

나는 혀로 찢어진 틈을, 바비의 등에 새겨진 "copyright 1966 Mattel Inc., Malaysia"라는 문신을 핥았다. 문신을 핥자 바비는 미칠 듯이 좋아했다. 상처가 난 조직은 극도로 예민해지는 모양이라고 말하면서.

바비는 내게 몸을 밀착했고, 나는 바비의 상처 자국이 내 피부를 문지르는 것을 느꼈다. 나는 제니퍼가 바비를 죽일지도 모른다고 생각했다. 그럴 의도는 없었다 해도 선을 넘어버릴 수도 있다고. 그러면 바비는 무슨 일이 일어나는지 알까? 안다면 막으려고 할까?

우리는 박았다. 나는 그렇게 말했다, 박았다고. 처음에 바비는 그 말이 싫다고 했고, 나는 그래서 그 말이 더 좋아졌다. 바비는 그 말이 너무 세고 강해서 싫다고, 우리는 박고 박히는 게 아니라 사랑을 나누는 거라고 했다. 나는 지금 농담하냐고 대꾸했다.

"박아줘." 바비는 그날 오후 그렇게 말했고, 나는 끝이 가까워졌음을 알았다. "박아줘"라고 바비가 말했다. 나는 그 어감이 마음에 들지 않았다.

금요일, 제니퍼의 방에 들어서자 공기 중에 뭔가가 남아 있었다. 방에서 과학실험실, 불, 실패한 실험의 냄새가 났다.

바비는 어깨끈이 없는 노란색 이브닝드레스를 입고 있었다. 머리는 베티 크로커 웨딩케이크보다 높이 틀어올렸는데, 머리 위로 천사의 머리카락을 빙글빙글 층층이 쌓아올린 것 같았다. 귀에는 노란색 핀을 꽂았고, 허리에 두른 끈과 어울리는 금색 '날 먹어줘' 신발을 신었다. 한순간 나는 허리띠로 바비를 묶는 상상을, 팔다리를 묶기보다는 얼굴과 입 주위를 동여매는 상상을 했다.

바비를 보니 드레스 위쪽에 흉터 같은 검고 질은 것이 삐죽이 올라와 있었다. 나는 바비를 낚아채 드레스 앞섶을 끌어내렸다.

"이봐요, 덩치 큰 아저씨. 인사도 안 하는 거야?" 바비가 말했다.

바비의 가슴이 칼로 썰려 있었다. 상어처럼 이가 다섯 겹인 칼이라도 썼는지 칼자국이 수백 개였다. 그것으로도 충분치 않았는지 불로 녹이기까지 했다. 파랗고 노란 불꽃을 바비에게 대고 눌러, 몸이 녹아 마침내 스스로를 태우는 불이 될 때까지 두었던 모양이다. 그리고 연필이나 펜으로 휘저은 다음 식도록 놔뒀나보다.

녹아내린 바비의 살이 다시 굳었다. 제니퍼가 가슴을 파내 생긴 구덩이 속에 검은색과 분홍색 플라스틱이 뒤섞여 굳어 있었다.

나는 과학자처럼, 고생물학자처럼, 염병할 검시관처럼 꼼꼼히 바비를 살폈다. 자세히 보면 이 상황을 설명할 수 있다는 듯, 뭔가 빠져나갈 변명거리를 찾을 수 있다는 듯 화상을, 후벼낸 자국을 면밀히 살폈다.

배터리를 빤 것처럼 역겨운 맛이 올라왔다. 올라왔다 뱃속으로 내려가며 침에 쓴 금속 맛을 남겨 입이 오므라졌다. 나는 기침을 하고 셔츠 소매에 침을 뱉은 다음, 소매를 말아올려 침 자국을 가렸다.

나는 집게손가락으로 최대한 살짝 화상 가장자리를 건드렸다. 내 손가락 아래에서 둥그런 흉터 테두리가 떨어져 나갔다. 나는 바비를 떨어뜨릴 뻔했다.

"이건 축소수술일 뿐이야. 이젠 제니퍼와 내가 똑같아진 거지." 바비가 말했다.

바비는 미소 지었다. 내가 처음 보고 사랑에 빠진 때와 똑같은 표정이었다. 그녀는 늘 그 표정이었고, 나는 그것을 참을 수 없었다. 바비는 미소 지었고, 불에 탔다. 미소 지었고, 파괴당했다. 나는 드레스를 다시 흉터 위로 올려주고 조심스럽게 서랍장 위 레이스 깔개에 내려놓은 다음 걸어나갔다.

"이봐, 우리 같이 안 노는 거야?" 바비가 말했다.

옮긴이의 말

미국 중산층의 불안한 일상을 날카롭게 잡아낸 작품세계.

참 식상한 표현이다. 그런데 어쩌겠는가. 이 작가와 이 소설집을 두고 제일 먼저 떠오른 말을 안 하고 넘어갈 수는 없으니.

소설집 제목은 『사물의 안전성(The Safety of Objects)』. 표제작이 따로 있는 게 아니라 이 책에 실린 단편 열 편을 아우르는 제목이다. 이 책의 제목은 묻는다. 대단한 사건 없이 살아가는 평범한 세계와 사회와 우리는 과연 얼마나 안전하냐고. 이 책의 내용은 대답한다. 안전이란 어디에도 없다고. 겉보기야 어떻든 모두가 불안한 바닥을 모른 척하며 살아갈 뿐이라고. A. M. 홈스는 첫 단편집에서 이 약한 발판을 섬뜩하고 긴장감 있게 잡아낸다.

아이들에게서 잠시 해방된 부부는 마약에 취하고, 뚱뚱한 사춘기 소녀는 누가 볼지 모르는 마당에서 벌거벗고 다리를 비비며, 어린 소년은 여동생의 바비인형에 빠져든다. 그리고 아동 납치극이나 평범한 동네 친구들의 밤 시간도 전혀 다른 각도에서 그려진다. 그에 비하면 병에 걸린 게이 청년이나 식물인간 아들을 바라보는 어머니의 독백쯤은 친숙하기까지 하다. 도대체 어디가 이러냐는 생각과 어디서든 일어날 수 있다는 생각이 동시에 드는 이야기들. 열 편의 단편소설이 구성하는 세계는 특별히 이상하지 않으면서 또 앨리스가 굴러떨어진 이상한 나라보다 더 이상하다.

아무것도 안전하지 않다는 건 과연 비극일까, 희극일까? 『사물의 안전성』은 대부분 금방이라도 무너질 듯 아슬아슬한 삶을 보여주지만, 영화 〈아메리칸 뷰티〉처럼 썩은 향기를 풍기며 무너지지는 않는다. 이들의 위험천만한 일탈이야말로 사실 안전한 질서를 떠받치고 제자리로 돌아가게 해주는 혼돈이기 때문이다.

그래서 홈스의 파격적인 까발리기는 불쾌하지 않다. 때로는 다들 알면서도 말은 하지 않는, 술에 취해 속내를 털어낼 때조차 입밖에 내지 않을 민망한 비밀을 긁어낼 때는 후련하기까지 하다. 인생은 가까이에서 보면 비극, 멀리서 보면 희극이라 했던가. 시선이 가까워졌다 멀어질 때마다 비극과 희극이 자리를 바꾼다. 육아전쟁에서 벗어난 부부가 인생을 위협하는 미친 짓을 감행하다 제자리로 돌아올 때, 어쩌다 집에서 쉬게 되자 정신을 못 차리고 헤매던 변호사가 내일은 죽어도 출근하겠노라 결심할 때, 멀쩡한 중년 남자가 야구 장갑으로 총알을 받고 응급차에 실려갈 때, 그리고 물론 소년이 바비를 버리는 서글픈 순간에도. (이 책에서 마지막 단편인 「진짜 인형」을 제일 좋아한다고 고백하는 것도 별로 안전한 행동은 아니겠지만, 이 단편은 정말 충격받고 당황하면서도 포복절도할 만한 단편이다.)

국내에는 장편소설 『이 책이 당신의 인생을 구할 것이다』가 먼저 선을 보였기에, 홈스를 두번째로 접하는 독자라면 십오 년 먼저 세상에 나온 『사물의 안전성』의 훨씬 모나고 날선 필치가 당혹스러울지도 모르겠다. 세월과 함께 작가의 글도 변하기 마련, 그러나 분명히 작품세계를 관통하는 선이 있다보니 이 책을 읽으면 『이 책이 당신의 인생을 구할 것이다』도 더 풍성해지는 재미있는 경험을 할 수 있으리라 믿는다. 이 책으로 처음 접하는 독자라면? 부디 즐겁게 읽으시기를.

2010년 7월

이수현

옮긴이 **이수현**

학교 안 전공은 인류학, 학교 밖 전공은 환상문학이라고 주장한다. 서울대 인류학과에서 석사 논문을 썼고, 『패러노말 마스터』로 제4회 한국판타지문학상 우수상을 수상했다. 현재 환상문학 웹진 거울(http://mirror.pe.kr)의 필진으로 활동 중이다. 옮긴 책으로는 『이 책이 당신의 인생을 구할 것이다』 『꿈꾸는 앵거스』 『천국의 데이트』 『사자와 결혼한 소녀』 『이리저리 움직이는 비비원숭이』 『유리 속의 소녀』 『빼앗긴 자들』 『멋진 징조들』, 서부해안 연대기, 퍼시 잭슨 시리즈, 샌드맨 시리즈 등이 있다.

문학동네 세계문학

사물의 안전성

초판 인쇄 2010년 7월 26일 | 초판 발행 2010년 8월 10일

지은이 A. M. 홈스 | 옮긴이 이수현 | 펴낸이 강병선
책임편집 류현영 | 편집 오영나 | 독자 모니터 이동은
디자인 윤종윤 이원경 | 저작권 김미정 한문숙
마케팅 정민호 김도윤 장선아 나해진 박보람 정진아 | 온라인 마케팅 이상혁 한민아
제작 안정숙 서동관 김애진 | 제작처 한일프린테크(인쇄) 시아북바인딩(제본)

펴낸곳 (주)문학동네
출판등록 1993년 10월 22일 제406-2003-000045호
주소 413-756 경기도 파주시 교하읍 문발리 파주출판도시 513-8
전자우편 editor@munhak.com | 대표전화 031) 955-8888 | 팩스 031) 955-8855
문의전화 031) 955-3576(마케팅) 031) 955-8858(편집)
문학동네카페 http://cafe.naver.com/mhdn

ISBN 978-89-546-1120-6 03840

www.munhak.com